JETTE JOHNSBERG

Witwe Meier und die toten Männer

JETTE JOHNSBERG

Witwe Meier und die toten Männer

Kriminalroman

GMEINER SPANNUNG

Ausgewählt durch
Claudia Senghaas

Personen und Handlung sind frei erfunden.
Ähnlichkeiten mit lebenden oder toten Personen
sind rein zufällig und nicht beabsichtigt.

Besuchen Sie uns im Internet:
www.gmeiner-verlag.de

Im Ehnried 5, 88605 Meßkirch
Telefon 07575/2095-0
info@gmeiner-verlag.de

1. Auflage 2016

Lektorat: Claudia Senghaas, Kirchardt
Herstellung: Benjamin Arnold
Umschlaggestaltung: U.O.R.G. Lutz Eberle, Stuttgart
unter Verwendung eines Fotos von: © smartinka / photocase.de
Druck: GGP Media GmbH, Pößneck
Printed in Germany
ISBN 978-3-8392-1807-5

Für Mama
und für Willy, die heißeste Bestatterin aller Zeiten!

Wissenschaftler haben festgestellt, dass ein Schmetterling sich mit seinen zarten Flügeln unbedingt selbst aus seinem Kokon befreien muss. Hilft man ihm, indem man beispielsweise den Kokon vorsichtig aufschlitzt, so wird der Schmetterling sterben. Seine Flügel sind einfach nicht stark genug, um fliegen zu können. Und somit hat alle Mühe und jedes Leid, aus dem man sich selbst befreien kann, doch einen tieferen und überlebenswichtigen Sinn.

INHALT

I. DER FRÜHE VOGEL KANN MICH MAL ...

Draußen schrie eine Amsel, und es kam ihr vor, als prügelte ihr deren Geschrei den neuen Tag in den Kopf. Nur nicht gleich die Augen öffnen. Langsam, ganz langsam sollte dieser Tag von ihr Besitz ergreifen.

Alles, was sie tat, hatte grundsätzlich irgendeinen Sinn. Mitunter verstand sie ihn zwar selbst nicht so recht, aber das tat meist auch nicht not.

Sie hatte es sich angewöhnt, die Aufwachphase hinauszuzögern und dem neuen Morgen somit ihre Macht zu demonstrieren. Macht war eine Sache, die sie nun nicht mehr an ihrem Mann ausüben konnte, denn der lag einen Kilometer weiter unter einer schattigen Buche und hatte violette und weiße Stiefmütterchen über sich. Hatte er eigentlich je Stiefmütterchen leiden mögen?

Bei ihrer Tochter scheiterte sie in Sachen Machtausübung bedauerlicherweise auch. Zumindest in der Regel. Vermutlich lag es an der Entfernung, denn der undankbare Nachwuchs hatte es vorgezogen, in ein Kuhdorf zu ziehen, das mehr als zwei Autostunden weit entfernt lag. Fuchsdorf, was für ein Name! Vielleicht lag es aber auch daran, dass die Tochter nicht mehr ganz so empfänglich war für kriegerische Auseinandersetzungen. Ihr Schlachtfeld waren nun das Haus, der Elternbeirat im Kindergarten, und ihre Gegner waren Staub, Wäsche, Unkraut und mitunter auch ihre beiden Rotznasen, die sie zu erziehen nicht in der Lage zu sein schien.

Erneut stieß die Amsel einen gellenden Schrei aus.

Das Mistvieh weiß doch genau, dass ich noch nicht so weit bin, schoss es ihr durch den Kopf. Hätte sie nicht dazu aufstehen müssen, so hätte sie dieses schwarze Federvieh mit ihrem neuen beigen Gesundheitstreter erschlagen. Aber beige sagte man ja nun nicht mehr, das hieß jetzt »nude«, nackert, na, wer's mag.

Langsam, langsam, ich will noch nicht, nicht jetzt!

Ihr schwerer Körper begann zu arbeiten. Das Herz setzte kurz aus, und der Puls überschlug sich anschließend. Doppelter Salto. Der mächtige Körper bewegte sich unter der Steppdecke, und sie fühlte einen stechenden Schmerz im linken Fuß.

Verdammter Fuß! Heute bleibe ich einfach liegen. Ich kann nicht auftreten, es geht nicht. Aus die Maus!

Froh, einen Grund gefunden zu haben, drehte sie ihre 130 Kilo mühsam auf die Seite. 09.28 Uhr leuchtete der Radiowecker. So schnell es ihr angebracht erschien, rechnete sie zurück. Der Wecker ging genau 18 Minuten vor. Ein Trick. Ein toller Trick, sie wusste nur nicht mehr so genau, wofür sie ihn sich eigentlich ausgedacht hatte.

09.52 Uhr. Die Zahlen leuchteten rot. Rot, die Signalfarbe. Für sie hatte dieses Signal jedoch schon lange keinerlei Bedeutung mehr. Rote Lippen, rote Ampeln, rote Punkte auf Lebensmitteln, das juckte sie nicht mehr. Was ging es sie schon an.

18 Minuten zurück, so spät ist es ja noch gar nicht. Nein! Ich werde nicht aufstehen. Heute nicht. Mein Fuß sticht wie wild. Wozu aufstehen? Eigentlich tut mir alles weh. Nicht nur der Fuß! Wirklich weh, extrem weh!

Genau um 10.01 Uhr schrie die Amsel erneut um ihr Leben. Mit einem Ruck fuhr Frau Meier wütend auf. Sie war gerade mitten in einem wunderbaren Tagtraum, der sie jung und schlank in einem weißen Kleid mit Rosenmuster zeigte. Sie drehte sich barfuß im taufrischen Gras – bis diese verdammte Amsel wieder anfing, sich ausgerechnet mit IHR anzulegen!

Ihr Kopf war schwer wie Blei, und ihr Rücken war durch den plötzlichen Anflug von Bewegung so überrascht worden, dass er streikte und die Protestfahne hisste. Ihr Kreuzbein rebellierte. Die Bandscheibe, der Ischias oder was auch immer. Eines stand fest: Sie musste sofort zum Arzt! Da führte kein Weg daran vorbei.

Millimeterweise kämpfte sie sich aus dem Bett. Den linken, also den stechenden, Fuß zuerst, oder war es doch der rechte? Egal, nun war der Rücken dran, an den musste sie sich nun halten. Mit ausgestellten Beinen schleppte sie sich durch den Flur ins Badezimmer. Sich auf die Toilette fallen zu lassen, war der einzige und unendlich wohltuende Gedanke. Sie hob den Deckel und plumpste schwer auf die Brille.

Nach fünf Minuten kam sie nicht mehr hoch. Ihre Finger klammerten sich um den Haltegriff oberhalb der Badewanne, doch sie befürchtete zu Recht, der Griff könnte, wenn sie sich daran hochzog, aus der Wand brechen.

Vorsichtig, ganz vorsichtig drehte sie sich zur Seite und stützte sich am Waschbecken ab, da ihr diese Möglichkeit noch als die sicherste erschien. So ein Waschbecken würde das wohl aushalten.

Als sie die Vertikale knapp erreicht hatte, trafen sich ihr Blick und ihr dreifaches Spiegelbild in dem doch recht schlecht geputzten Alibertschrank.

Mein Gott, war ich nicht eben noch schlank und schön?

Zu beiden Seiten ihres runden Gesichtes hingen kraftlos die schwarzen Haarsträhnen. Fransenschnitt würde ihr supergut stehen, hatte die Friseuse mit dem Nasenring gesagt.

Unter ihren Augen haftete ein dunkler Balken zerflossener Wimperntusche.

Mistzeug, darauf werde ich in Zukunft verzichten. Müll! Macht nur Arbeit so was und wozu überhaupt!

Lippenstift, Lidschatten, Kajal und Co. waren bereits der neuen gelben Tonne zum Opfer gefallen, weil man damit nämlich nur gut aussah, wenn man es täglich mehrmals auftrug. Restauration hatte sie nicht nötig. Sie nicht. Sie war nun mal, wie sie war. Und so, wie sie war, wollte sie auch bleiben. Aber war sie auch wirklich die, die sie eigentlich war?

Solche Fragen wollte sie sich heute definitiv nicht stellen. Heute nicht. Sie hatte schließlich etwas vor. Sie musste zum Arzt. Immerhin hatte sie Rückenschmerzen! Ach so, und Fußschmerzen natürlich auch.

Um 11.11 Uhr, allerdings laut der Küchenuhr, die ging nur drei Minuten vor, war sie bereit zum Aufbruch.

Ihre beigen, nein, nudefarbenen und extrem bügelfreien Hosen, ein Hauszelt in Größe 54 von ähnlich reizendem Farbton und ihre feinen Gesundheitsschuhe in dezentem Schokobraun. Fertig.

Sie nahm die Autoschlüssel und verließ die Wohnung, wobei sie umständlich und geräuschvoll die Tür schloss. Im Treppenhaus atmete und schnaufte sie mehrmals äußerst bemitleidenswert auf. Wer weiß, vielleicht würde die Nachbarin unter ihr, Frau Lehmann, sie hören und zur Tür eilen, um ihr Hilfe anzubieten, die sie dann jedoch selbstverständlich gönnerhaft ablehnen würde. Doch im Erdgeschoss des Sechsparteienhauses tat sich nichts.

Wo steckt die denn schon wieder? Mensch – Rentnerin und auch Witwe und ewig unterwegs! Die weiß gar nicht, wie gut sie es hat. Und ich komm' hier kaum die Treppen runter. Was für ein Tag!

Als sie die Straße erreichte, hatte sie das Gefühl, der Rückenschmerz habe bereits nachgelassen. Eigentlich war er kaum mehr zu spüren, aber egal, nun war sie schon mal auf dem Weg, jetzt würde sie auf jeden Fall den Hausarzt aufsuchen.

2. DOKTORSPIELE

Vor der Praxis waren alle Stellplätze belegt. Alle, bis auf den Behindertenparkplatz.

Also, ich bin behindert, wenn ich heute nicht behindert bin, dann weiß ich auch nicht, dachte sie und nahm scharf die Kurve, wobei der 80-Jährige an zwei Krücken, der gerade harmlos über den Gehweg schlich, einen entsetzten Sprung zur Seite machte und ihr anschließend wütend den Mittelfinger zeigte.

Mit geübtem und betont langsamem Hin und Her kroch sie aus dem Wagen.

Hoffentlich schaut diese überfreundliche Sprechstundenhilfe gerade aus dem Fenster, dann wird sie mich vorlassen, durchfuhr es sie, und damit es noch etwas bemitleidenswerter aussah, hinkte sie nun ein wenig mit dem rechten Bein. Das hatte heute schließlich auch schon einmal wehgetan. Oder war es das linke?

Die Sprechstundenhilfe freute sich Frau Meier zu sehen, brachte sie doch alle zwei Wochen frische Bamberger Hörnla für alle und ein Pfund Bohnenkaffee von Mövenpick mit. Da ihr auch just in diesem Moment der Magen knurrte, erwachte in der Arzthelferin die Hoffnung auf eine kalorienreiche süße Zwischenmahlzeit und zauberte ihr im Handumdrehen ein Lächeln in ihr wunderschönes, straffes und junges Gesicht. Frau Meier hasste junge Gesichter generell. Bei Sprechstundenhilfen jedoch im Besonderen.

Auch sie war früher bei einem Arzt angestellt gewesen. Ein fieser kleiner Kerl war das, mit polnischem Akzent und unkontrollierbaren Fingern, die nicht nur die verstauchten Knöchel der örtlichen Fußballmannschaft untersuchten. Damals war SIE jung und schlank und auch sie lächelte einst den alten Damen freundlich und aufmunternd zu, in der Hoffnung auf eine kleine Spende in die Kaffeekasse.

Sie kam tatsächlich vor den anderen Patienten im Wartezimmer dran. Der freundliche Dr. Böhm, der immer diesen schrecklich abgearbeiteten Zug um den Mund hatte, kam mit ausgestreckter Hand auf sie zu.

»Ja, nehmen Sie doch Platz, liebe Frau Meier, was kann ich denn h e u t e für Sie tun?«

War da nicht so ein Unterton von »Na, was wollen Sie denn schon wieder hier?« zu hören? Frau Meier war auf der Hut. Langsam koordinierte sie den Rückzug in ihr Schneckenhaus. So etwas sollte er mal besser bleiben lassen, ich bringe ihm schließlich genug Geld, noch ein Wort und ich werde ihn schmoren lassen, bis ich das nächste Mal wieder einen Fuß über seine Schwelle setze, durchfuhr es sie.

Doch der Arzt hatte ein extrem gutes Gespür für nahenden Ärger und nahm seinen Fehler sofort wahr. Einfühlsam, ja sogar schmeichelnd, nickte er ihr zu und tätschelte verständnisvoll ihre Hand.

Als das Vertrauensverhältnis nicht mehr auf gar so wackeligen Füßen stand, rang sich Frau Meier dazu durch, dem Arzt von ihrem quälenden Rücken und dem schmerzenden Fuß zu berichten. Die Pausen setzte sie geschickt mit einer Spur Dramatik als Grundwürze, und auch das eine oder andere schwere Seufzen hätte kein Regisseur der Welt besser platzieren können.

Dr. Böhm runzelte die Stirn. Mit sonorer Stimme wies er sie darauf hin, dass er ihr als Hausaufgabe »Schonung« verordnen würde. Ganz viel Ruhe und Schonung. Dabei griff er zu einem Rezeptblock und rezeptierte ihr einen Schwung neuer bunter Pillen und eine Salbe – rein pflanzlich – für den Fuß. Auf den Hinweis, 30 – 60 Kilo abzunehmen, verzichtete er heute. Das war Frau Meier beim letzten Mal wohl gewaltig in die Nase gestiegen. Ganze zehn Tage hatte sie ihn seitdem nicht mehr konsultiert. So lange hatte sie ihn noch nie warten lassen!

Schließlich rieb er sich gedankenverloren am Kinn und wog die Vor- und Nachteile einer Injektion zur Schmerzlinderung ab. Er überschlug kurz sein Kassenbudget und öffnete letztlich doch das Schränkchen mit dem Sicherheitsschloss und fischte die passende Ampulle für seine Patientin heraus. Zwei Nadelstiche später war Frau Meier therapiert und durfte mit dem erneuten Hinweis auf Schonung und der Anweisung, in zwei Tagen wieder auf der Matte zu stehen, endlich nach Hause. Ach so, und die Pillen sollte sie natürlich nicht vergessen. Besonders die kleinen grünen.

Tatsächlich fühlte sie sich auch gleich etwas besser. Vielleicht ein wenig wattiert im Kopf, aber dieses Gefühl war ihr nicht fremd.

3. SHOPPING-QUEEN

Wie gut, dass kein Strafzettel vom äußerst gefürchteten Parküberwachungsdienst am Wagen hing. Aber sie war überzeugt davon, dass ohnehin jeder Parkwächter eingesehen hätte, dass gerade sie jedes Recht der Welt hatte, genau hier zu parken. Also, wenn sie nicht behindert war, wer denn dann, bitteschön?

Sie lenkte den Wagen aus der verkehrsdichten Innenstadt hinaus über den Berliner Ring in das Industriegebiet. Ein Paradies für Kaufsüchtige jeden Genres. Baumarkt an Aldi, Supermarkt an Billigkette, Drogerie an Factory-Outlet.

Vor dem größten der fünf Supermärkte fand sie einen Mutter-Kind-Parkplatz direkt am Eingang. Sie hatte die Kindersitze ihrer Enkel immer auf der Rückbank, wer sollte da zweifeln?

Mit einem Gefühl von neuem Schwung und einem Hauch Morphium im Rücken traten Frau Meier und ihr überdimensionierter Einkaufswagen durch die sich automatisch öffnenden Schiebetüren in den Supermarkt.

Man konnte nicht sagen, ob es nun an der leisen Hintergrundmusik liegen mochte, den freundlichen Angestellten oder an den beiden Spritzen, die man ihr in den Rücken gejagt hatte, jedenfalls lächelte sie nun den Reihen mit bunt verpackten Waschmitteln und Dosensuppen zufrieden zu und stürzte sich hemmungslos und mit gnadenloser Leidenschaft in den Konsumrausch.

»183,25, zahlen Sie in bar oder mit Karte?«

»Mit Karte.«

»Die Karte bitte hier hineinstecken, vielen Dank, und da unten noch eine Unterschrift, auf Wiedersehen.«

Der Einkauf hatte ihr gutgetan. Sie sammelte die restlichen Waren vom Band und warf sie in den Einkaufswagen. Straußensteaks, abgepackter Käse, Kindermilchschnitte, Wiener Würstchen im Familypack, Pralinenstapel und Cola light. Sie freute sich. Ihr Rücken freute sich auch.

»Ah, kommen die Enkele wohl am Wochenende?«, tippte ihr jemand von hinten auf die Schulter.

»Oh, Frau Lehmann, guten Morgen. Hätte ich gewusst, dass Sie auch hier einkaufen wollen, dann hätte ich Sie doch mitgenommen.«

»Nicht nötig, Frau Meier. Sie wissen doch, ich laufe gerne. Das hält mich fit!«, lächelte die Nachbarin.

Wenn auch nur sehr gequält, lächelte Frau Meier zurück und betrachtete die arme, einsame fettreduzierte H-Milch und die beiden bedauernswerten Bananen, die Frau Lehmann in ihrem Körbchen beherbergte.

Na, wenn sie so fit sein will, dann soll sie auch nach Hause laufen – bergauf hält doppelt fit, dachte Frau Meier bei sich.

Heute war ja auch wirklich ein ganz herrlicher Tag und so gutes Wetter für einen Spaziergang!

4. EIN ANRUF VOM ANDEREN ENDE DER WELT

Frau Meier ging es bestens. Sie lächelte. Ja, man konnte wohl sagen, sie habe sich über ihre Nachbarin geärgert, aber was sollte der Frust, so eine kleine Packung Pralinchen, und die Welt war wieder in Ordnung.

Die Füße auf dem Tisch, die kleine feine Schachtel Glückseligkeit auf dem Bauchgebirge, saß sie auf dem Sofa und schaute »Emergency Room«, die Wiederholung vom Vorabend. Niemals in 35 Jahren Ehe hatte sie die Füße auf dem Tisch liegen gehabt. Aber so hatte es auch seine guten Seiten, das Alleinsein, dachte sie und suchte nach einer angenehmen Liegeposition für die nächsten paar Stunden.

Auf dem Bildschirm rannte ein Ärzteteam um das Leben eines Menschen. Diagnose unklar! Klar war aber, dass Frau Doktor Meier die Lage sofort gepeilt hatte. Schließlich hatte sie Berufserfahrung in der Medizin, sie war immerhin vom Fach!

»Schlaganfall! 150 mg von irgendwas, und die Sache ist wieder im Lot!«, befahl sie dem Ärzteteam, aber das wollte einfach nicht hören!

Am Ende stellte sich eine Vergiftung heraus, ihre Diagnose hätte den guten Mann in der Serie das Leben gekostet, aber das bekam Frau Meier nicht mehr mit.

Das Telefon schellte, und schwerfällig erhob sie sich von ihrem Platz. Hätte sie das Mobilteil doch nur nicht wieder auf die Station im Flur gestellt!

»Meier.«

Lange Pause.

»Grüß dich, hier ist der Georg!«

»Ja, der Georg!? Das ist aber eine, ähm, Überraschung! Wo bist du denn gerade?«

»Na, in Australien, wo sonst?«

Erneute, noch längere Pause – was in aller Welt will der denn nach all den Jahren?

»Oh, das ist aber schön, dass du dich auch mal wieder meldest. Geht es dir gut? Ist was passiert?«

»Ja, gut geht's mir schon, aber, hör mal, du, ich habe erst jetzt davon gehört, dass Hans gestorben ist, das tut mir wahnsinnig leid, du, ich habe das wirklich nicht gewusst, sonst hätte ich mich ja schon viel früher mal bei dir gemeldet.«

»Ist ja schon eine ganze Weile her, Georg. Ich komme schon zurecht. Irgendwie. Aber es ist halt wirklich wahnsinnig schwer, so ganz alleine. Niemand kann einem das ersetzen, was man verloren hat. Wirklich niemand. Und der Hans, der war einfach der Beste.«

Mit dem einen Auge schielte sie auf den Fernsehbildschirm, um zu sehen, ob in der Notaufnahme auch ohne sie alles glattging.

»Ach, du Arme, das denke ich mir. Ist schon schwer, aber das Leben geht nun mal weiter. Weshalb ich anrufe: Also, ich muss kommenden Monat nach Deutschland fliegen. Ein paar Dinge regeln, wegen der Rente und so. Dann besuche ich dich ganz bestimmt. Ist doch schön, oder? Also, dann sehen wir uns in einem Monat, mach's gut, bis die Tage! Bye bye, Honey!«

»Ja, tschüss dann, bis die Tage …«, doch am anderen Ende der Welt hatte Georg bereits aufgelegt.

Frau Meiers Herz setzte kurz aus. Nein, es stolperte, wie sie es nennen würde. Kurze Arrhythmie.

Hätte sie doch gleich noch eine Ersatzpackung Blutdrucktabletten mit auf das Rezept setzen lassen! Georg kam also nach Deutschland, nach Bamberg, zurück in seine fränkische Heimat.

Er war ursprünglich der Mann ihrer besten Freundin Hanni gewesen, die beiden waren mittlerweile jedoch längst geschieden. Nach 25 Jahren Ehe. Sie, also Hanni, die Exfrau von Georg, war neuerdings verheiratet in Mexiko. Vermutlich mit einem Drogenboss, wie Frau Meier mutmaßte. Er, Georg, Schorsch, liiert mit einer Fabrikantentochter in Australien. Oder vielleicht war er ja gar nicht mehr liiert mit der Fabrikantentochter?

Schwang in seinem Ton nicht so ein klitzekleines Stück »außer Spesen, nichts gewesen« mit? Ihr war fast so. Darüber wollte sie nachdenken und die Situation am Telefon noch einmal detailliert interpretieren. Aber nicht jetzt, später. Im »Emergency Room« wartete man schließlich auf ihre Fachkompetenz.

Seien Sie mal ehrlich, Sie hatten bislang vermutet, bei Frau Meier handle es sich um eine alte Dame, Mitte 70. Aber nein, weit gefehlt! Sie benimmt sich nur so, aber in ihrem Pass steht, sie sei 60 Jahre alt, 168 cm groß und habe braune Augen. Auf dem Foto kann man unschwer dunkles Haar erkennen.

Frau Meier ist schon mit 40 in Pension gegangen. Wegen ihres Rückens, der, wie Sie ja wissen, wirklich Probleme macht. Ihr Mann war deutlich älter als sie, und während er immer jünger wirkte, verwandelte sie sich schon bald in eine – wie soll man es nennen – alte Schachtel. Die Welt war ihrer Ansicht nach ungerecht zu ihr, und keiner konnte etwas richtig machen. Niemand kümmerte sich um sie, und im Allgemeinen war ihre Grundstimmung immer beigebraun. Nude also. Nach dem Tod ihres Mannes zwischenzeitlich auch mal schwarz, aber meist zwischen schlammfarben und saharabeige.

5. KRÄHENFÜSSE

Frau Meier griff erneut zum Telefon. Sie wollte ihre Tochter anrufen und die Neuigkeiten umgehend berichten, doch da ging wieder mal keiner an den Apparat. In fünf, nein, besser in vier Minuten würde sie es erneut versuchen. Wahrscheinlich saß Gina wieder auf dem Klo. Sie huschte selbst noch schnell ins Bad, denn das, was sie zu erzählen hatte, würde Zeit, viel, viel Zeit in Anspruch nehmen.

Nach erneutem, genau sechsmaligem Klingeln ging Gina dann doch endlich ans Telefon.

»Svenson.«

»Meier.«

»Hallo, Mama, na, wie geht es dir denn heute?«

»Sind die Kinder gar nicht da?«

»Doch klar! Die spielen gerade oben in Mikkas Zimmer.«

»Und Ole?«

»Na, der spielt auch oben bei Mikka, sagte ich doch gerade.«

»Ach so.«

»Und Mama, was machst du so?«

»Ach ja. Ich war den ganzen Vormittag beim Arzt, bin eben erst zurückgekommen. Ich soll liegen, sagt er. Mein Kreuz. Ich habe nun mal wirklich schwer zu tragen.« Seufz …

»Ja, Mami, das stimmt. Du solltest wirklich mal zu den Weight Watchers gehen.«

»So habe ich das nicht gemeint! Ich meine, ich habe ein schweres Schicksal zu ertragen, so alleine. Tag für Tag.«

»Aber Mama, wir waren doch erst gestern bei dir, und morgen gehst du in die Sauna. Übermorgen hat Tante Lore Geburtstag. Für mich klingt das nicht nach Einsamkeit, sondern eher nach Stress. Ich habe nicht so viele Dates wie du.«

»Da gehe ich sowieso nicht hin! Da sind nur Paare, da fühle ich mich wie das fünfte Rad am Wagen. Ich wünsche dir wirklich nicht, dass du das Gleiche erleiden musst wie ich.«

»Na ja, das heißt aber auch, du willst, dass ich vor Jan sterbe, allerdings ist der doch elf Jahre älter als ich! Überleg dir das mal, das kannst du dir doch nicht allen Ernstes tatsächlich für mich wünschen?«

»Du willst aber auch alles falsch verstehen, ich sehe schon, den Anruf hätte ich mir glatt sparen können.«

»Schon gut, Mama, meine Nerven liegen heute ein wenig blank. Tut mir wirklich leid. Mikka hat im Kindergarten einen Jungen verhauen, weil der sagte, es würde keinen Weihnachtsmann geben. Da ist es halt passiert. Jedenfalls haben die angerufen, ich soll ihn holen, weil er sich überhaupt nicht mehr beruhigen ließ.«

»Den Weihnachtsmann gibt es ja auch gar nicht. Hättest du deinen Kindern nicht so einen nordischen Blödsinn erzählt, dann wäre das alles nicht passiert. Hier in Franken gibt es nun mal das Christkind, und das war schon immer so und wird auch so bleiben. Weihnachtsmann! – Wenn ich das schon höre!«

»Jedenfalls hat er den anderen Jungen auch noch ins Bein gebissen.«

»Und was hast du gemacht?«

»Geschimpft habe ich ihn natürlich.«

»Herumschreien, das ist alles, was du kannst. Kein Wunder, dass der Kerl noch mit fünf ins Bett macht!«

»Ich habe geschimpft, weil er dem Jungen ein Stück Stoff aus der Hose gebissen hat. Die war von Esprit und ganz neu. Da kann ich als Ersatz wohl kaum eine Aldi-Hose anbieten.«

»Wenn euer Geld nicht reicht, dann musst du eben wieder arbeiten gehen.«

»Kann ich nicht, das weißt du. Ich habe niemanden für die Kinder. Ole kann erst mit drei in den Kindergarten.«

»Ich habe mich ja wohl schon oft genug angeboten.«

»Aber ich habe dir schon ebenso oft gesagt, dass ich das nicht von dir verlangen will. Du wohnst Hunderte von Kilometern weit weg, wie soll das gehen? Und eben hast du noch gesagt, du hättest so Kreuzschmerzen. Das geht nicht mit zwei so kleinen Jungen. Wie willst du den beiden denn hinterherrennen?«

»Das ist was Anderes. Für meine Enkel mache ich alles.«

»Mama, lass uns nicht streiten, was gibt es denn Neues?«

»Och, nichts, der Georg hat angerufen.«

»Welcher Georg?«

»Na, der aus Australien, du weißt schon, Hannis Exmann.«

»Aha, und was erzählt er so? Hat er dich zu den Kängurus eingeladen?«

» Er hat gehört, dass der Papa tot ist, und nun kommt er nächsten Monat und besucht mich.«

»Huch!«

»Wieso huch? Wir kennen uns schließlich seit über 20 Jahren!«

»Ich meine ja nur, kommt er wirklich um die halbe Welt geflogen, nur um dir sein Beileid auszusprechen?«

»Wir haben uns schon immer sehr gut verstanden.«

»Ja sicher, aber der Papa hat ihn und seine Freundin doch damals rausgeschmissen, nachdem sie vier Wochen bei euch gewohnt und die Telefonrechnung ins Unermessliche getrieben haben. Außerdem war Papa empört darüber, dass der Schorsch nachts immer nur in bunten Unterhosen zur Toilette unterwegs war. Wann war das noch, das muss jetzt schon sechs Jahre her sein, oder sieben, die Jungs waren damals noch lange nicht geboren.«

»So war das gar nicht.«

»So hast du es mir damals aber erzählt.«

»Jedenfalls kommt er.«

»Übernachtet er auch bei dir?«

»Wer weiß.«

»Hm, na dann kauf dir mal ein flottes Nachthemd, was Dünnes mit Spitze, man weiß ja nie, wem man so in der Nacht auf dem Flur begegnet.«

»Für den doch wohl nicht. Das Thema Männer ist für mich abgeschlossen. Ein für alle Mal. Du bist geschmacklos. Dein Vater ist noch gar nicht lange unter der Erde.«

»Kochst du ihm was Schönes?«

»Kochen, du spinnst ja wohl. Der soll mich zum Essen einladen, wenn er schon hier wohnen will.«

»Aber du hast früher doch immer so gerne gekocht.«

– Pause –

»Ich glaube, er ist nicht mehr mit seiner Jane zusammen. Na ja, die hat ja auch geraucht wie ein Schlot. Und dürr war die. Also, so was von dürr.«

»Judy, ich meine, sie hieß Judy.«

»Judy? Wie der Affe?«

»Ja, wie der Affe, aber nicht alle Affen heißen Judy.«

»Wenn der Schorsch mich jetzt so sieht, dann dreht er sich eh um und rennt rückwärts die Treppe wieder herunter. Damals hatte ich noch 20 Kilo weniger.«

»Ach, du hast doch noch einen Monat Zeit, da schaffst du bestimmt noch ein paar Kilo.«

»So weit kommt es noch, dass ich für den abnehme.«

»Nicht für ihn, für dich!«

»Ich mag mich, wie ich bin!«

»Ich mag mich auch, wie ich bin, aber am meisten mag ich mich, wenn mich morgens vor dem Spiegel ein Gesicht mit einem einfachen, höchstens zweifachen Kinn anlächelt.«

»Dafür hast du Falten. In deinem Alter hatte ich noch nicht so viele. Ich habe jetzt noch nicht mal so viele Krähenfüße um die Augen wie du.«

»Mama, ich bekomme nachts einfach zu wenig Schlaf. Momentan liegen wir jede Nacht zu viert im Ehebett.«

»Selber schuld, das hätte es bei mir nicht gegeben. An deiner Stelle würde ich mächtig aufpassen, dass dein Jan sich nicht was Jüngeres sucht. So ein Mann muss schließlich zum Zuge kommen.«

»Noch jünger?«

»Jedenfalls ohne Falten.«

»Okay Mama, ich muss jetzt Schluss machen, die Jungs haben oben die Legokiste ausgekippt und werfen gerade die Steine die Treppe runter. Also, mach's gut, bis morgen, schone deinen Rücken.«

»Die Kinder kann ich wohl nicht sprechen?«

»Mama, die spielen gerade, und meiner Wand bekommt das mit den Legosteinen, die die beiden dagegen werfen, nicht so gut, ich muss nach dem Rechten sehen, okay?«

… aufgelegt …

6. FLOTTES FÜR UNTENDRUNTER

Frau Meier schonte sich genau so, wie man es ihr gesagt hatte. Sie hatte die Beine nun auf einen Schaumstoffwürfel gelegt und aß eine Packung Salzstangen. Salzstangen, so hatte sie gelesen, hatten weniger Fett als Chips. Und warum sollte man denn nicht auch auf seine Gesundheit achten. Das Malzbier, das sie mit einem Strohhalm aus der Flasche sog, war ganz bestimmt auch extrem gut für den Körper. Ganz ohne Alkohol und mit viel Hopfen, um den rasenden Blutdruck zu besänftigen. Eine vorbildliche Patientin. Das glaubte sie tatsächlich.

In ihrem Kopf vermischten sich die Ereignisse des Tages zu einem kunterbunten Horrortrip. Der Anruf aus Australien, das Telefonat mit ihrer herzlosen Tochter, die so gar nichts mit ihrer Namensgeberin aus den 70ern, Gina Lollobrigida, gemein hatte. Niederschmetternde Schicksale aus ihren Krankenhaus-Soaps mischten sich darunter und tanzten in ihrem Kopf wie Motten um eine gleißend helle Straßenlaterne. Allzu oft verschwammen auch die Grenzen zwischen Prof. Dr. Brinkmann aus der Schwarzwaldklinik mit ihrer eigenen Krankengeschichte oder der ihres Mannes. Fetzen von »Bringen Sie Ihre Angelegenheiten in Ordnung« und »20-prozentige Überlebenschance« wurden eingewickelt in Abziehbildchen von Kängurus und einer Fata Morgana der Sidney-Oper, von kreischenden Enkeln und entnervten Jungmüttern, bis sie schließlich sanft in das Stadium hinüberglitt, in dem nur noch die Schwere ihres eigenen Körpers auf dem Plüschsofa von Bedeutung war.

Draußen zwitscherten die Vögel, die Sonne schien fröhlich vom azurblauen Himmel, und andere einsame Frauchen machten mit ihren Dackeln ausgedehnte Spaziergänge entlang des Main-Donau-Kanals, doch Frau Meier hielt jetzt ihr Schläfchen.

Bis – ja, bis das Telefon erneut plärrte und sie von ganz weit weg zurück in die Realität holte.

»Meier.«

»Hallo, Schwesterchen!«

(Oh nein, nicht das auch noch.) »Hallo, selber Schwesterchen!«

»Du, übermorgen bin ich wieder geschäftlich in der Nähe, da kann ich doch bei dir schlafen, oder?«

»Wieso?«

»Weil ich wieder eine Dessous-Party habe, nur zwei Häuserblocks von dir entfernt. Eine Frau Sommer, vielleicht kennst du sie sogar? In der Franz-Ludwig-Straße.«

»Größe 48, blond gefärbt?«

»Keine Ahnung, ich kenne sie nur vom Telefon. Ich wurde ihr empfohlen, und stell dir das mal vor, die wollen sogar teilweise ihre Männer mitbringen.«

»Spanner!«

»Wieso Spanner? Mein Gott, bist du vielleicht verklemmt. Viele Männer stehen auf mollige Frauen und auf tolle und reizvolle Wäsche. Auch du solltest etwas selbstbewusster auf die Straße gehen.«

»Ich geh' nicht auf die Straße, ich soll mich schonen! Mir geht es nicht gut. Mein Rücken, du weißt ja.«

»Ach, Schwesterherz, raff dich auf und komm mit zu der Party, da lernst du viele nette Leute kennen, die trotz ihrer Figur flotte Dessous tragen.«

»Glaubst du, ich trage einen Kartoffelsack untendrunter? So oft, wie ich zum Arzt muss, brauche ich gute Wäsche.«

»Wieso hast du denn dann noch nie was bei mir eingekauft? Ich bin überhaupt nicht teuer.«

»Ich kaufe nur im Fachhandel. Ich will eine vernünftige Tüte für meine Sachen und Beratung. Nicht so eine Tupperwareparty.«

»Na egal, ich komme schon morgen, dann können wir uns vorher noch einen schönen Abend machen. Bestell doch schon mal einen Tisch bei dem sexy Italiener. Halb acht, ich muss jetzt Schluss machen, ich fahr jetzt gleich in ein Funkloch hinein …«

Lieber Gott im Himmel, Marie! Das hatte Frau Meier nun wirklich nicht verdient. Zwei Tage mit Marie! Jubel, Trubel, Heiterkeit. Grauenhaft. Eindringen auf unbefugtes Gelände. Eindringen in Frau Meiers hübsches und bequemes Leben.

Frau Meier blieb noch zwei Stunden wie versteinert liegen, um sich von dem Schrecken zu erholen. Wohl reizte sie damit ihre Blase bis zum Ultimo, aber die Trägheit siegte. Sie wusste ganz genau, dass sie eigentlich aufstehen und damit beginnen sollte, die Wohnung aufzuräumen, doch sie war krank. Sie sollte sich schonen, und das jedenfalls bedeutete ganz gewiss nicht, abzuwaschen und Böden abzusaugen.

7. GRABBEIGABE

Als Marie klingelte, schnellte Frau Meiers Blutdruck auf ungemütliche 240 zu irgendwas.

»Hilf mir mal, die Koffer hochzutragen! Ich kann die Sachen nicht im Auto lassen, mir ist neulich eine ganze Kollektion geklaut worden!«, schrie es von unten.

»Ich kann nicht, ich darf nicht heben!«

»Stell dich nicht so an, ein Spitzenstring wiegt auch in Größe 56 nicht mehr als 25 Gramm!«

In diesem Moment kam Herr Krause, der Nachbar von schräg oben, die Treppe herunter. Herr Krause war der rüstige Ehemann einer langweiligen und einsilbigen Frau Krause, die sehr gerne Lockenwickler trug. Herr Krause schien schon immer ein wenig von seiner Frau vernachlässigt worden zu sein, und somit schaute er schon seit Jahren allem, was keinen Vollbart hatte, hinterher.

»Oh, die Frau Schwester ist zu Besuch, bitte warten Sie doch, ich helfe gerne.«

Herr Krause schnappte sich die beiden zartrosa Koffer und schien mit ihnen die Treppe förmlich nach oben zu schweben.

»Ich darf doch?«, hauchte er und trat mit Elan in Frau Meiers heiliges Dreizimmer-Reich.

Herr Krause war noch nie in Frau Meiers Wohnung gewesen. Nicht in den 35 Jahren, in denen sie nun schon gemeinsam im selben Mietshaus wohnten.

Noch immer stand Marie unten und rief erneut: »Hallooo, kann mir noch mal jeeeeemand heeeelfeeeen?«

Herr Krause stürzte, an der fassungslosen Frau Meier vorbei, erneut die Treppe hinunter. Marie schien seine Tonlage absolut getroffen zu haben. Seiner Frau schien das in der Regel eher selten zu gelingen.

Nun dauerte es länger, denn Herr Krause schleppte die schweren Koffer mit Maries kleiner Reiseausstattung. Allein die Aussicht jedoch, einen Blick in die verheißungsvollen rosafarbenen Koffer werfen zu können, veranlasste ihn, die betonschweren Teile nach oben zu wuchten. Dort angekommen war er puterrot und erklomm nur mit Mühe die letzte Stufe.

Marie war nun auch im ersten Stock angelangt. Sie zog die rechte Augenbraue nach oben und ging an Frau Meier vorbei in die Wohnung.

»Der hat ja nicht mal 'nen vernünftigen Hintern in der Hose«, zischte sie ihrer Schwester dabei verschwörerisch anstelle einer Begrüßung zu. Und dann zwinkerte sie auch noch. Keck wie ein Teenager. Frau Meier mochte Derartiges überhaupt nicht.

»Tja«, sagte Herr Krause.

»Tja«, sagte Frau Meier.

»Ganz herzlichen Dank, lieber Herr Krause«, flötete Marie.

Weil sie im vergangenen Monat eine neue Zahnprothese eingesetzt bekommen hatte, hörte sich das »herzlich« eher wie »herrsslich« an, aber das gab Herrn Krauses Ohren erst den richtigen Kick.

»Sagen Sie, werte Frau Marie, was verstecken Sie denn da in den rosa Köfferchen?«, fragte er neckisch, und man konnte hören und sehen, dass sein Speichelfluss sich auf mindestens das Doppelte gesteigert hatte.

»Unterwäsche, lieber Krause, Unterwäsche«, zwitscherte sie und es hörte sich dabei ganz reizend an. Unterwässe …

»Soso, ich habe schon davon gehört, dass Sie das Besondere lieben und verkaufen.«

»Ja, eine Frau sollte für sich immer nur das Beste wollen, Herr Krause, nur so kann sie auch das Beste bekommen, verstehen Sie?«

»Hört, hört«, räusperte sich Krause und verstand natürlich nicht.

In Gedanken war er jedoch schon einen Schritt weiter und fragte sich, wie er wohl einen Blick in die Koffer werfen könnte.

»Herr Krause«, Marie hatte ihn natürlich sofort durchschaut und witterte ein verlockendes Klingeln in der Kasse, »wollen Sie Ihrer Frau denn nicht ein nettes Ostergeschenk machen? Immer nur olle Schokoladenhasen vom Discounter, das ist doch langweilig. Und ich verspreche Ihnen, Sie selbst brauchen dann eh nichts mehr Anderes, das Sie anbeißen möchten!«

Frau Meier stockte bei diesem Geplänkel der Atem. Herr Krause, nach 35 Jahren erstmals in ihrem Wohnzimmer, ließ sich Höschen und Push-ups vorführen! Eigentlich fehlten ihr nie die passenden Worte. Nie. Aber das hier, das machte sie richtiggehend sprachlos.

»Sagen Sie, Frau Marie, führen Sie die Dessous denn auch selbst vor?«

»Aber nein, Sie können sich gerne etwas aussuchen, und Ihre Frau Gemahlin kann das dann in aller Ruhe zu Hause anprobieren. Und wenn mal was nicht passt, dann bringen Sie es mir einfach wieder. Ich bin jetzt noch eine ganze Woche hier bei meiner Schwester. Sie ist ja so alleine, und ich werde sie schon auf andere Gedanken bringen.«

Frau Meier erstarrte erneut. Was war nun schlimmer: der Krause und die Höschen oder sieben Tage Marie? Eine Woche, sieben mal 24 Stunden. Sieben Tage, sieben Nächte. Sie wollte doch einfach nur ihre Ruhe. Waren es nicht ursprünglich nur zwei angekündigte Tage gewesen? Warum gönnte ihr niemand diese Ruhe! Ein Scheißleben war das. Solche Worte hatte sie früher nicht mal gedacht. Bei dem Sch-Wort hatte Gina regelmäßig eine hinter die Ohren bekommen.

Sch…-Leben, eben!

Während ihre Gedanken um die Wette fluchten, war Marie schon völlig in ihrem Element. Mit kessen Blicken und eher fadenscheinigem Fachwissen über diese und jene Spitze wickelte sie Herrn Krause lässig um den kleinen Finger. Oder um den großen Tanga, denn Marie vertrieb Dessous in Übergrößen.

Nach etwa 25 Minuten hatte Herr Krause seine Strickjacke ausgezogen und sich den Schweiß mit einem gestreiften Taschentuch von der Stirn getupft. Und nach zehn weiteren, für Frau Meier absolut unerträglichen Minuten, hatte er ein rosa Tütchen mit der Aufschrift »Big« in der Hand und war um 250,– Euro, die er allerdings erst später vorbeibringen wollte, leichter.

Ebenfalls, jedoch in anderer Hinsicht, erleichtert, begleitete Frau Meier Herrn Krause zur Wohnungstür, während Marie im Kühlschrank von Frau Meier nach einer Flasche Sekt suchte.

»Puh, das fängt ja gut an. Ich sage dir ja, die Männer, die kaufen und kaufen, das sind nicht nur Spanner, wie du vielleicht denkst.«

»Mir war der biedere Krause lieber. Der war noch nie in meiner Wohnung.«

»Ich weiß gar nicht, was du eigentlich willst, das ist doch toll, wie der drauf ist. Und seine Frau freut sich bestimmt über das, was er ihr da ins Nest legen wird.«

»Das zieht die doch nie an. Die ist auch schon über 60.«

»Na und, ich bin auch schon 58 und ich sage dir, so ein String kann auch noch aus dem ältesten Gärtner einen Bock machen!«

»Marie!«

»Jaja.«

Nach zwei Gläsern Sekt wurde auch Frau Meier etwas lockerer, denn in einer Viertelstunde sollte es zum Italiener gehen. Sie hatte seit Tagen, so erzählte sie zumindest ihrer Schwester, nichts Richtiges mehr gegessen. Wo sie recht hatte, hatte sie recht, denn Chips und Pralinen waren nun wirklich nichts Richtiges. Zwar ärgerte sich Frau Meier noch immer über die Eigenmächtigkeit ihrer Schwester, sich einfach so an ihrem Kühlschrank zu vergreifen, aber letztlich war es doch gut gewesen und diente eindeutig der zwischenmenschlichen Entspannung.

Der Italiener freute sich sehr, die beiden Schwestern zu sehen.

»Ciao, Mädels«, hauchte er und küsste den beiden die Hand. Er wusste genau, er musste darauf achten, keiner Hand auch nur den Bruchteil einer Sekunde länger Aufmerksamkeit zu schenken, da sonst der Haussegen den gesamten Abend lang schief hängen würde.

Er führte die beiden zu ihrem Stammplatz am Fenster mit Blick auf den Dom und reichte ihnen die Karte, empfahl das teuerste Menü des Abends und hoffte auf ein mehr als großzügiges Trinkgeld.

Doch davor, das wusste er aus Erfahrung, würde er sich mächtig anstrengen müssen.

Meeresfrüchte auf Rucola, Spaghetti mit Seezunge, Lammfilet im Parmesanmantel und schließlich und endlich würde das Dessert vermutlich nur noch in flüssiger Form in den Magen passen. Fast konnte er es schon hören …

»Zwei Grappa noch, Mädels?«

»Wie immer.«

»Wie immer.«

»Il conto.«

»Der Rest ist für Sie.«

Und was das immer für ein Rest war! Ein super Abend! Wobei, am Anfang sah es gar nicht so gut für ihn aus. Die beiden hatten offenbar miteinander zu reden, und er befürchtete, das Thema könnte den Signoras den Appetit verderben.

Marie hatte zwei erwachsene Kinder, die in ihrem ganzen Leben noch keinen einzigen Strich gearbeitet hatten. Beide studierten irgendetwas im soundsovielten Semester und hatten die Uni jedoch schon länger nicht mehr von innen gesehen.

Ihr Mann, der Horst, war ein Schatz, aber allerdings mit knapp zwei Metern etwas zu groß und leider auch etwas zu still für Marie geraten. Aber: ein Fels in der Brandung! Ein riesiger Fels zwar, aber wer hat schon jemals mit einem Fels um die Wette gelacht? Nun, lachen konnte Marie. Sie hatte die Gabe, sich über sich selbst am besten amüsieren zu können, und ihre unerschöpfliche Steh-auf-Mentalität sowie ihr bedingungsloser Optimismus hielten sie am Leben.

»Schwesterchen, ich muss mit dir reden«, begann sie ernst. »Sarah will, dass ich mich verbrennen lasse. Anschließend soll ich anonym verscharrt werden und der Horst auch.«

Frau Meier riss ungläubig die Augen auf.

»Wieso das denn?«

»Philipp ist mit Sarah einer Meinung. Die beiden sagen, sie wollen sich ums Verrecken nicht wegen eines Grabes an eine Stadt binden lassen. Sie wollen die Welt sehen und sich nicht um das blöde Grab ihrer Eltern kümmern müssen.«

»Ja, aber Horst und du, ihr lebt doch noch. 58 und 60, das ist doch kein Alter!«

»Sie sagen, sie wollen nicht, dass sie ein schlechtes Gewissen haben müssen, weil sie sich nicht um unser Grab kümmern. Wie das ist, würden sie ja bei Gina sehen.«

Die Tränen standen Marie in den Augen, und die Wimperntusche zog bereits erste kleine schwarze Bäche über ihr Gesicht.

Frau Meier fühlte sich bestätigt darin, ihre Mascara entsorgt zu haben, aber das war jetzt hier ja gar nicht das Thema, denn beinahe hätte sie ein wenig Mitleid für ihre Schwester empfunden.

»So einen Blödsinn habe ich ja noch nie gehört!«, ereiferte sie sich.

»Ich weiß gar nicht, was ich machen soll. Ich will nicht verbrannt und dann einfach irgendwo hingekippt werden. Ich will ein Grab, ein richtiges, so wie dein Hans! Was denken die sich eigentlich?«

»Marie, jetzt komm mal langsam wieder zur Ruhe, es gibt beim Beerdigungsinstitut sogar Vorsorgepläne. Da kann man vorab schon alles regeln und bezahlen. Die kümmern sich wirklich um alles.«

»Und wer kontrolliert das dann, wenn ich tot bin? Ich meine, ich will, dass meine Blumen über mir gegossen werden, und ich möchte eine gepflegte Grabstätte, die zu mir passt. Sauber und adrett. So wie ich eben.«

»Also, etwas Vertrauen musst du natürlich in die Friedhofsgärtnerei schon setzen. Was sagt denn dein Horst dazu?«

»Dem ist das alles egal, er sagt, wenn er tot ist, merkt er sowieso nichts mehr, was soll er sich da jetzt schon aufregen. Du hast so ein Glück mit deiner Gina, das kann ich dir sagen. Die wohnt nicht mal hier und kümmert sich trotzdem um Hans' Grab.«

»Aber wie …!«, ereiferte sich nun Frau Meier. Es war das Stichwort zu einem ihrer Lieblingsthemen. »Du hast ja keine Ahnung. Alles muss nach ihrem Kopf gehen. Neulich …«

Doch Frau Meier kam nicht weiter, denn nun schnäuzte sich Marie geräuschvoll die Nase mit einem Stück Toilettenpapier, das sie mühsam aus der Hosentasche kramte.

»Ich will ein Grab«, schluchzte sie, »ein richtiges. Mit Stein und allem Drum und Dran. Und zwar hier, unter fränkischem Himmel, jawohl!«

Der Kellner bangte um sein Trinkgeld, das bei schlechter Laune oder gar Tränen selten besonders hoch ausfiel, aber nach der zweiten Flasche Wein schien die Sache besiegelt.

Wenn auch die Feuerbestattung absolut gegen Maries Sinn fürs Feierliche ging, so war es doch die einzig machbare Lösung. So lautete der Plan. Marie und Horst sollten sich also verbrennen lassen. Dann würde ein Taxi die Asche der Verblichenen von Garmisch-Partenkirchen nach Bamberg bringen, und nun wäre der Zeitpunkt gekommen, wo Hans in seinem Grab ein bissl beiseite rutschen sollte, und dann hätten sie alle vier ein schönes Familiengrab. Einen Platz unterm Bäumchen.

Darauf stießen sie an und merkten sofort, dass sie heute noch eine Runde Grappa extra brauchen würden.

8. DER PLAN – PRO UND KONTRA

Der Abend wurde schließlich für alle ein voller Erfolg. Nachdem die Angelegenheit sich nun auf so nette Art und Weise fast von alleine geregelt hatte, war aller Kummer mit einem Mal verflogen. Marie gab eine Runde Prosecco für das Personal aus, denn ihre persönliche letzte Ruhestätte war endlich gesichert. Zu viert liegt es sich ja auch viel gemütlicher.

Auf dem Weg zu Frau Meiers Wohnung machten sie noch einen Schlenker vorbei an der Tankstelle, wo sie sich zur Feier des Tages ein Fläschchen Champagner gönnten, das sie dann im Schein des Wohnzimmeraquariums genossen.

Nach drei Gläsern brauchte Frau Meier Sauerstoff und riss die Balkontür auf. Leicht schwankend trat sie hinaus in die klare Nacht. Die Altenburg leuchtete hell und strahlend von ihrem Berg herunter und im Nachhinein fiel es ihr schwer zu sagen, ob die Geräusche aus dem Schlafzimmer schräg über ihr – also bei den Krauses – lediglich Einbildung oder die harte Realität waren.

Als die freche Amsel ihr Morgenkonzert anstimmte, wachten Marie und Frau Meier etwa gleichzeitig auf dem beigen Sofa auf. Die Balkontür stand noch immer weit geöffnet, und der, wie in Bamberg so häufig vom Malz geschwängerte, Wind blähte die Chintzvorhänge wie zur Morgengymnastik.

Die Champagnerflasche lag leer unter dem Tisch, und die rosa Köfferchen mit der Wäsche waren geöffnet. Rings über die Wohnlandschaft verteilt lagen rote und schwarze Höschen, und über der Lampe hing ein BH in Größe 105D. Die tiefen Seufzer und das quiekende »oh« und »ah« der Krauses waren so anregend gewesen, dass Frau Meier sich kurzerhand dafür entschied, sich zur Feier des Abends doch auch einmal etwas Nettes für darunter zu gönnen. Passend zum Anlass, ein seidenes Fähnchen – champagnerfarben.

»Oh, da haben wir wohl gestern noch ganz gut getagt«, stöhnte Frau Meier und fühlte schmerzerfüllt nach ihren Bandscheiben.

Marie kratzte sich energisch am Kopf und musste aufstoßen.

»'tschuldigung.«

»Schon gut. Mir geht es auch nicht besser.«

»Wenigstens, Schwesterchen, haben wir gestern mein Problem gelöst. Ich freu mich so, dass wir bei euch liegen dürfen. Und Gina hält unser Grab dann immer schön sauber. Sie hat immer so nette und extravagante Blumenarrangements, die sie sich da einfallen lässt. Das passt zu mir. Extravagant.«

Gina – daran hatte Frau Meier natürlich nicht gedacht. Sie müsste sich dann ja wohl alleine um das Grab kümmern. Und auf den von ihr selbst entworfenen Grabstein würden dann wohl vier Namen eingraviert werden müssen.

Na ja, sie würde schon spuren. Ob da nun zwei oder vier lagen, das war ja nun absolut egal.

Am Mittag verließ Marie Frau Meiers Wohnung. Sie hatten gemeinsam ein wenig Ordnung gemacht und Frau Meier brauchte nun ihr Schläfchen, denn sie sollte sich ja schließlich schonen. Aber zuvor musste sie noch ihre Tochter anrufen, um sie von dem Vorhaben zu unterrichten.

»Svenson.«

»Meier.«

»Hallo, Mama, geht es deinem Rücken wieder besser?«

»Es muss ja.«

»Und ist Tante Marie schon da? Sie hat mir gemailt, dass sie zu dir kommen wollte.«

»Seit gestern – was machen die Kinder?«

»Die spielen gerade Tierarzt mit der Katze. Die Katze hat Würmer und soll geimpft werden.«

»Igitt, euer Vieh hat Würmer?«

»Nein, Mikka ist der Tierarzt und hat Würmer diagnostiziert.«

»Da müsst ihr unbedingt etwas dagegen unternehmen. Das überträgt sich auf die Kinder, die bekommen davon einen Bandwurm!«

»Nein, Schimanski hat doch nur im Spiel Würmer. Ole ist besorgter Tierbesitzer und hat Schimanski zur Vorsorgeuntersuchung gebracht.«

»Damit ist nicht zu spaßen! Davon kann man sterben.«

»Nun mal den Teufel nicht an die Wand, Mama, die beiden spielen doch nur. Schimanski hat vielleicht Flöhe, aber keine Würmer.«

»Es sind schon viele an Würmern gestorben!«

»Ach, Mama! Geht es dir heute wohl nicht so gut?«

»Nein, es kümmert sich ja niemand um mich. Nicht mal mit meinen Enkeln darf ich reden. Immer enthältst du sie mir vor. Egal, das musst du ja wissen, du bist die Mutter. Jedenfalls fühle ich mich einsam. Sehr sogar. Deshalb haben Marie und ich gestern etwas beschlossen. Maries Kinder kümmern sich nämlich auch nicht um ihre Eltern.«

»Mama, die Jungs spielen grad so schön, ich mag sie jetzt wirklich nicht stören. Dass bei den zweien mal Ruhe ist, kommst so selten vor.«

»Da siehst du es.«

»Was?«

»Dass man von seinen Kindern nichts erwarten kann! Deswegen kommen Horst und Marie mit in unser Grab.«

»Was???«

»Du hast schon richtig gehört. Horst und Marie kommen in unser Grab.«

»Sind die wohl krank? Wieso wollen die auf einmal in euer Grab?«

»Sarah und Philipp wollen sich nicht um ein Grab kümmern. Marie hat so bitterlich geweint. Die beiden wollen ihre Eltern tatsächlich anonym verscharren lassen.«

»Aber wenn sie tot sind, dann kann es ihnen doch eigentlich egal sein, wo sie liegen. Außerdem kann man ja auch schon vorher alles regeln. Gärtner übernehmen auch schon vorab Grabpflegeaufträge. Bist du dir sicher, dass die beiden nicht doch irgendwie krank sind, dass sie jetzt in ihrem Alter schon an so was denken?«

»Sind sie nicht. Außerdem will ich das auch. Die zwei sollen mit uns ruhen.«

»Hast du dir mal überlegt, was Papa dazu sagen würde? Der würde sagen: ›Um Himmels willen, nicht mal auf dem

Friedhof habe ich meine Ruhe! Da liege ich ganz friedlich und plötzlich buddelt einer ein Loch und legt mir die Marie daneben! Du weißt doch, was die quasseln kann. Ich höre mir doch nicht den ganzen Tag das Gequatsche an. Und dann noch den ellenlangen Horst, den quetscht ihr dann auch noch in die Mitte.‹«

Gina lachte. Sie lachte und lachte. Sie bekam sich überhaupt nicht mehr unter Kontrolle.

Frau Meier war beleidigt.

»Und außerdem«, Gina musste nun heulen vor Lachen, »außerdem streiten du und Marie doch ständig. Würdest du das wirklich so haben wollen? Stell dir nur vor, die beiden Männer könnten dann noch nicht einmal rausgehen. Ja, die könnten in ihrer Verzweiflung nicht mal Skat spielen, weil ihnen dazu der dritte Mann fehlen würde.«

Gina liefen hysterische Tränen herunter. Sie schnappte nach Luft und versuchte fassungslos und irritiert, dennoch die Stille am anderen Ende der Leitung zu unterbrechen. »Wer soll das Grab denn dann pflegen? Doch nicht etwa ich, oder? Das ist ja wie beim Kuckuck. Da wird einem einfach ein Ei, nein, zwei sogar, ins Nest gelegt. Und was ist mit dem Grabstein? Da passen nur zwei Namen drauf. Deiner und Papas. Mehr geht nicht. Ich pflege doch kein Massengrab. Stell dir mal vor, du lernst noch einen Mann kennen, den du lieb hast. Soll der dann da auch noch mit rein? Na ja, hätte den Vorteil, dass dann die Sache mit dem Skat und dem dritten Mann doch noch klappen würde.«

»Ich nehme mit ins Grab, wen ich will!«, bockte nun Frau Meier.

»Ja sicher, aber ohne mich. Stell dir vor, du stirbst vor

Marie und Horst, dann darf ich mich um deren Beerdigung und was weiß ich noch was auch alleine kümmern, während ihre Kinder womöglich noch über den Leichenschmaus meckern.«

»Das wäre dir das Liebste, das weiß ich schon, dass ich nicht mehr da wäre und Papa folgen würde. Aber wenigstens meine Schwester und mein Schwager wollen bei mir sein.«

»So ein Quatsch, ich will doch nicht, dass du stirbst! Und im Moment schon gar nicht! Du hast jetzt erst mal eine Aufgabe, nämlich dich darum zu kümmern, wie du die beiden verscharrst. Bei aller Liebe und so sehr ich die zwei auch mag, aber das werde ich nicht tun!«

»Du bist so herzlos. Früher hat dich der Horst immer vorne auf seinem Pferd mit auf den Ausritt genommen. Aber das ist die Jugend. Undankbar und frech.« Frau Meiers Blutdruck war auf der obersten Skala von »Hau den Lukas« angelangt.

»Mama, ich war damals drei und kann mich nicht mehr daran erinnern. Außerdem habe ich bei Sarah und Philipp so viele Babysitterstunden abgerissen, dass dieser Ausritt bestimmt hundertfach abbezahlt ist.«

»Na schön, dann werde ich deine Tante Marie davon in Kenntnis setzen, dass meine Tochter sich weigert, ein ›Massengrab‹ zu pflegen.«

»Warte erst mal ab, vielleicht beruhigt sich die Situation ja wieder, und die beiden finden doch ein Platzerl in Garmisch. Vielleicht hat Marie morgen schon wieder eine ganz andere Idee. Wir lassen das mal einfach auf uns zukommen.«

»Ist recht.«

»Wo ist Tante Marie jetzt?«

»In der Stadt, einkaufen. Sie gibt heute eine Dessous-Party. Gestern hat sogar Herr Krause bei ihr eingekauft.«

»Herr Krause?«

»Und dann haben er und seine Hilde die ganze Nacht gestöhnt. Wir konnten gar nicht schlafen, die ganze Nacht haben wir kein Auge zugetan.«

»Na, Mama, dann schlaf jetzt mal eine Runde. Ich muss ohnehin nach den Kindern sehen. Schimanski ist gerade runtergekommen und hat eine Damenbinde von mir um, mal sehen, was da oben los ist. Grüße an Tante Marie.«

»Dafür kann sie sich auch nichts kaufen. Sie braucht ein Grab, keinen Gruß.«

»Lass uns ein anderes Mal darüber reden, ja?«

»Vielleicht.«

»Bis bald, Mama.«

»Tschüss!«

9. DOWN UNDER – DRUNTER UND DRÜBER

Als Marie am späten Nachmittag von ihrem Einkaufsbummel zurückkam, war sie bester Laune. Sie hatte am Maxplatz zwei junge Männer nach der Uhrzeit gefragt, und die beiden waren soooo süß gewesen, dass sie sie direkt zum Kaffee bei Tchibo eingeladen hatte. Es waren Studenten. Ein dunkelhaariger Kunsthistoriker und ein blonder Soziologe mit BWL im Nebenfach. Siebtes Semester. Sie hatte ihnen bei Kaffee und süßen Teilchen von ihrem Job erzählt, und der Blonde meinte, das sei doch genau das ideale Thema für seine Diplomarbeit: *Eine Gesellschaftsstudie übergewichtiger Menschen in Relation zum Schönheitsideal des 21. Jahrhunderts unter dem Blickwinkel des Bedürfnisses nach Befriedigung des visuellen Auslebens sexueller Reize durch das männliche Geschlecht.*

Kurz und gut, die beiden Studenten, der schwarze und der blonde, kämen heute Abend auch mit zu der Höschen-Party. Aus rein wissenschaftlichen Gründen. Die Gastgeberin würde schon einverstanden sein.

Marie klingelte an Frau Meiers Haustür. Sie musste lange, sehr lange warten, bis Frau Meier über die Gegensprechanlage fragte, wer denn da sei.

»Veronika, der Lenz ist da!«

»Hier gibt es keine Veronika, und der Lenz kann bleiben, wo er will.«

»Jetzt mach schon auf, ich muss ganz dringend aufs Klo!«

Der Summer schnurrte, und Marie stapfte die Treppe hoch, in den ersten Stock.

Mit feengleichem Gang wehte ihr von oben bereits Herr Krause entgegen.

»Gnädige Frau, ich hatte gestern nicht mehr so viel Geld im Haus gehabt. Aber heute Morgen war ich gleich auf der Sparkasse und habe reichlich abgehoben. Hier, Ihr Geld. Und – bevor ich es vergesse, ich hatte doch gestern dieses Mieder mit den kleinen Röschen in der Hand. Ob ich das wohl noch mal ansehen könnte?«

Und hast du nicht gesehen, huschte Herr Krause erneut unter Frau Meiers ausgestrecktem Arm in das Allerheiligste.
Marie hatte bereits den strahlenden Glanz blinkender Dollarzeichen in den Augen, als sie direkt neben der Wohnungstür ins Badezimmer huschte.

Herr Krause ließ heute noch einmal weitere 279,– Euro bei Marie, und zu den rosa Röschen kamen noch schwarze Strapse. Frau Meier wollte gar nicht daran denken, was ihr heute Nacht in Sachen Geräuschbelästigung wieder bevorstand. Nicht etwa mit dem Neid der Witwe, sondern eher mit blankem Horror davor, sich beim Schäfchenzählen zu verrechnen.

Marie war vor Freude außer sich. Was für ein genialer Tag. Und später würden der Schwarze und der Blonde kommen und ihr helfen, die rosa Köfferchen nach unten zu tragen. Frau Meier hingegen wunderte langsam, aber sicher gar nichts mehr. Sie öffnete den Kühlschrank und holte sich eine Frikadelle, die sie dick und gelb mit Senf bestrich. Jeder Bissen ein Hochgenuss. Erotik für den Gaumen. Was ist dagegen schon das bisschen schmutziger Sex?

Dann verschwand Marie erneut im Bad, während sich Frau Meier noch drei weitere Frikadellen zur Gesellschaft mit auf das Sofa holte und Herrn Prof. Dr. Brinkmann vor dem Fernseher gute Ratschläge erteilte.

Als Marie wieder auftauchte, sah sie wirklich wunderschön aus. Rund, gesund und rosig. So wie es manchen Männern sicher gefallen würde, dachte Frau Meier bitter. Sie fragte sich, ob der Horst zu Hause auch noch das volle Programm bekam oder ob sie dort mit dicken Socken und zerschlissenem Frotteepyjama ins Bett plumpste.

Marie sah Frau Meier bestürzt an:

»Ja, was ist denn hier los? Gleich kommen die Studenten, und du liegst hier auf dem Sofa?«

»Was interessieren mich deine minderjährigen Kofferträger?«

»Die sind süß und sehr aufmerksam. Willst du echt so liegen bleiben?«

»Also, hör mal, das wäre ja noch schöner, wenn ich mich mit Anfang 60 für zwei Teenager herrichten würde. Du spinnst doch wohl!«

»Die sind mindestens schon Mitte 20 und keine Teenies mehr.«

»Jünger als deine Tochter!«

»Ach, das darf man alles nicht so eng sehen.«

Nun klingelte es, und Marie hauchte ein »hallihallo« in die Sprechanlage.

»Da sind sie schon, komm, schmeiß die Decke hinter das Sofa und heb den Hintern.«

»Im Leben nicht, ich habe Rückenschmerzen. Ich bleibe, wo ich bin!«

Die beiden jungen Männer traten etwas schüchtern durch die Tür, und Marie umarmte sie wie alte Freunde. Oder eben wie ihre Kinder.

»Setzt euch doch, ihr zwei, nehmt Platz. Das hier ist meine Schwester, Frau Meier, und mich kennt ihr ja schon, haha.«

»Danke«, sagten die beiden im Chor und streckten ihre meterlangen Beine unter den Couchtisch in Eiche rustikal.

Angesichts der beiden Männer schien Marie nur so zu schweben, während sich Frau Meier fragte, ob sie die zwei nicht bitten sollte, ihre Turnschuhe auszuziehen. Der Teppich war schließlich noch fast neu, und sie hatte nicht die geringste Lust, wegen zwei solchen Bürschchen anschließend auf dem Boden herumzukrabbeln und den Teppichreiniger aufzusprühen. Das Zeug musste man hinterher ja auch noch absaugen. Wer war sie denn, nachts mit dem Staubsauger durch die Wohnung zu rennen.

»Müsst ihr nicht bald los?«, fragte sie stattdessen und starrte dabei weiterhin gebannt auf den Bildschirm.

»Ja, gleich doch!«, knurrte Marie.

»Eigentlich«, so rückten die beiden nun mit der Sprache heraus, »eigentlich sind wir nur gekommen, um Ihnen, wie versprochen, die Koffer zu tragen. Das mit der Party wird leider nichts – anderweitige Termine. Aber haben Sie eigentlich auch kleinere Unterwäsche? Für unsere Freundinnen? Vielleicht was Günstiges? Größe 36 und 70B?«

Marie war enttäuscht, und ihre Kinnlade klappte merklich nach unten, während sie die Achseln leicht nach oben zog.

»Schade, die Damen hätten sich so über ein wenig frisches Blut gefreut. Aber ihr habt Glück, ich habe auch eine Tasche mit kleinen Größen dabei. Man weiß ja nie! Jedenfalls brauche ich die heute ohnehin nicht, die lasse ich euch einfach da, und ihr könnt in Ruhe was aussuchen. Meine Schwester kennt sich aus, die Preise stehen drauf. Für euch 20 Prozent billiger. Aber zuerst tragt ihr mir meine Koffer ins Auto.«

Die jungen Männer sprangen wohl dressiert auf. »Wo sind denn die Einmannzelte?«, fragte der Blonde und war in diesem Moment definitiv und endgültig unten durch. Marie drückte ihm mit vernichtendem Blick die Koffer in die Hand. Der Schwarze durfte ihre Handtasche tragen.

»Wir sind gleich wieder da«, rief der Blonde noch von der Tür in Richtung Frau Meier, die vor Schreck weiß wie eine Wand war. Sie hasste ihre Schwester. Dieser wirbelnde Federbusch mit Birnenfigur!

Sie stand auf, um die Tür zu schließen, aber noch bevor sie dazu kam, dabei auch neue Beschimpfungen für ihre Schwester zu ersinnen, waren der Blonde und der Schwarze schon wieder im Wohnzimmer.

»Wo ist denn die Wundertüte?«, fragte der Schwarze ganz neugierig, und Frau Meier deutete wortlos auf die Tasche mit der Aufschrift »Big is Beautyful«.

Die beiden untersuchten die Wäsche sehr professionell. Keine Frage, diese Herren kannten sich aus. Denen konnte so schnell keiner etwas vormachen. Sie breiteten die hauchdünnen Spitzenteilchen über Frau Meiers rustikale Polsterecke und schienen eine erste Auswahl zu treffen.

Da Frau Meier nun doch einen Anflug von mütterlichem Instinkt in sich aufflammen spürte, begann sie, die beiden mit gut gemeinten, aber weniger kompetenten Tipps zu beraten.

Gerade in dem Moment, als es anfing, Frau Meier so richtig Spaß zu machen, klingelte es erneut an der Tür. Frau Meier, die aufgrund ihrer Fülle gerade nicht so gut vom Sofa hochkam, bat den Schwarzen, doch mal eben den Türöffner zu drücken. Marie hatte sicher – wie immer – die Hälfte vergessen.

Der Blonde hielt sich gerade einen Traum in Gelb vor die Brust, der Frau Meier vielleicht gerade mal um die Wade gepasst hätte. Frau Meier wog den Kopf hin und her und argumentierte, dass Gelb ja völlig zeitlos wäre, als nicht etwa Marie durch die Tür trat.

»Here I am, grüß dich, altes Mädchen!«

Frau Meier stockte der Atem. Georg stand mit zwei riesigen Koffern und ausgebreiteten Armen mitten im Wäscheberg und strahlte sie mit seinen offensichtlich unsagbar teuren neuen Zahnkronen breit an.

»Ich habe einen superbilligen Last Minute Flug bekommen und deswegen bin ich heute schon hier! Was sollte ich da noch einen Monat warten?«

Das war eindeutig zu viel für Frau Meier. Sie hatte das Gefühl, sie müsste dringend ihre Blutdrucktabletten einwerfen und stürmte so schnell wie möglich aus dem Zimmer. Vorbei an einem verwunderten Georg und den zwei netten Studenten, die sich soeben für »Gelb und dann nichts wie raus« entschieden hatten.

10. KÄNGURUGESCHNETZELTES

Frau Meier erholte sich nur mühsam von dem Schock und dem Gehoppel ihres schwachen Herzens, aber schließlich wirkten die bunten Pillen. Sie strich sich vor dem Alibert die Haare zurecht und ärgerte sich fürchterlich, dass sie ihre Schminksachen entsorgt hatte, ohne daran zu denken, dass Frau sie ja wieder nötig haben könnte. Also griff sie beherzt in Maries Köfferchen und malte sich schön.

Als sie aus dem Bad kam, stand Georg schon in der Küche und machte sich an ihrem Kühlschrank zu schaffen.

»Ja, sag mal, du, in deinem Kühlschrank ist ja Überfüllung. Wo krieg ich denn jetzt mein Geschenk für dich unter?«, gurrte Georg und war sich dessen überhaupt nicht bewusst, Frau Meiers hochheiligstes Revier betreten zu haben.

Doch Frau Meier sagte nichts, das den Gast hätte verscheuchen können, und fragte mit echtem Interesse, was er denn Tolles mitgebracht hätte.

»Kängurugeschnetzeltes, frag nicht, wie ich das durch den Zoll bekommen habe, und Australischen Rotwein, nur für uns zwei! Das lass uns doch nachher gemeinsam kochen. Meine Rückkehr feiern. Was meinst du?«

Frau Meier nickte devot, und das lag gewiss nicht an ihrer großen Lust auf solche Aktionen, sondern vielmehr an den Blutdruckpillen, die sie immer ein wenig gefügig und versöhnlich stimmten.

»Wo willst du denn wohnen, Georg? Hier geht es nicht, Marie, meine Schwester, ist für eine Woche hier, und du wirst verstehen, dass das wohl zu eng werden könnte.«

»Klar, verstehe ich. Ich habe mich schon telefonisch im Carlsturm eingemietet, aber ich bin mir nicht sicher, ob meine Reservierung auch tatsächlich steht, denn der Wirt, der sie annahm, hat irgendwie komisch geklungen am Telefon.«

»Der Wirt ist ewig besoffen. Seit sein Vater sich im Turm erhängt hat, ist der nur noch blau. Ich weiß gar nicht, wie er seine Metzgerei und das Gasthaus überhaupt noch halten kann. Die Wurst schmeckt zwar immer noch, angeblich alles Bio, aber ich kann dir nicht sagen, ob die Zimmer in Ordnung sind. Ich dachte, er würde die Turmzimmer gar nicht mehr vermieten, nach dem schrecklichen Vorfall.«

»Okay, Honey, du, dann geh ich da jetzt mal eben hin, checke ein und komme in einer halben Stunde wieder. Du kannst ja schon mal den Tisch decken und die Kerzen für uns beide anzünden«, grinste Georg süffisant und war schon fast aus der Wohnung.

Frau Meier atmete tief durch. Sie sollte sich doch schonen. Das hier war alles andere als Schonen, aber irgendwie waren die Rückenschmerzen auch gar nicht mehr so schlimm.

Sie sammelte in Windeseile alles ein, was irgendwie nicht wirklich dekorativ war. Hausschuhe, Decken, benutzte Taschentücher, dies und das aus Maries Köfferchen und donnerte es in ihren Schlafzimmerschrank. So schnell ging aufräumen.

Dann deckte sie den Tisch. Für zwei und tatsächlich mit Kerzen. Sie kam sich jedoch total albern vor dabei.

In der Küche holte sie die große Pfanne aus dem Schrank, goss etwas Olivenöl, extra vergine, hinein und kramte Georgs Päckchen aus dem Kühlschrank. Kängurufleisch. Illegal am Zoll vorbeigeschmuggelt. Na prima. Öfter mal was Neues.

Georg hingegen kämpfte gerade an einer anderen Front. Er hatte das rot geklinkerte Gasthaus mit hauseigener Metzgerei betreten, und es hatte ihn dabei fast umgeweht von dem Geruch abgestandenen Bieres. Die Gaststube war im ersten Stock, die Metzgerei ebenerdig. Links am Haus ein dreistöckiger Turmbau, auf dem eine zerschlissene Fahne wehte. Durch das Schaufenster sah er einige Hausfrauen, die Kochrezepte austauschten, und eine anscheinend sympathische rothaarige Metzgereifachverkäuferin, die sich der Damen beherzt angenommen hatte.

In der Gaststube traf er auf den Wirt und Metzgermeister Gottlieb Carl, der mit reichlich stumpfsinnigem Blick trübe Gläser polierte. Das Tuch, das er benutzte, stand vor Dreck. Der Blick des Metzgers war auch nicht wirklich geradeaus gerichtet, sondern leicht schielend, als würden sich die Parallelen irgendwo in der weniger weit entfernten Unendlichkeit treffen wollen.

Georg bekam seinen Zimmerschlüssel und roch die Fahne, die ihm aus dem Mund des Wirts zuwehte.

»Ich haß Gottlieb, hier sagn alle du. Und du?«

»Georg.«

»Da Schorsch, da hast dei Schlüssl, werst dich schon zurecht finde.«

Und Georg fand sich zurecht. Sein Zimmer lag im Turm. Zweiter Stock. Im dritten Stock hatte sich der Senior erhängt, nachdem er erfahren hatte, dass die Schweinepest ausgebrochen war und er vermutlich Fleisch von verseuchten Viechern zu Leberwurst verarbeitet hatte. Das war die geheime, die inoffizielle Variante. Die offizielle war, dass er wegen seiner Säuferleber ohnehin nicht mehr lange zu leben gehabt hätte und das Ende mal eben selbst in die Hand genommen hatte.

Das Zimmer war überraschend sauber. Das Bad am anderen Ende des Gangs auch. Gottlieb hatte ihm aufgetragen, sich bei ihm zu melden, falls etwas fehlen sollte. Sein Zimmer läge direkt unter ihm, auch im Türmchen, gleich neben der Gaststube. Einfach laut und lange klopfen, jawohl.

Georg machte sich noch ein wenig frisch und lief die paar Hundert Meter durch die Vorfrühlingsluft zu Frau Meiers Wohnung in dem orange gestrichenen Mehrfamilienhaus und klingelte mit knurrendem Magen.

Die Gegensprechanlage knackte, und Frau Meier gurrte hinein: »Jaaaa? Wer ist daaaa?«

»Iiiich, Georg!«

In der Küche war alles vorbereitet, und die Kochorgie begann ohne langes Vorspiel. Öl war ja schon in der Pfanne, nun die Zwiebelchen, das Fleisch, das im Übrigen auch nicht wirklich exotisch aussah, Gemüse – fein geschnitten, Sahne bis zum Abwinken und ein guter Schuss Madeira. Sie arbeiteten Hand in Hand, und Georg berichtete, wie er das Fleisch durch den Zoll geschmuggelt hatte. Wie genau das ablief, wollen Sie gar nicht wissen. Glauben Sie mir.

Beim Essen und nach dem ersten Glas schweren australischen Weins sah die Welt für Frau Meier aus wie im Märchen. Georg war glücklich, wieder in Deutschland und – ja, tatsächlich weg von seiner Judy – zu sein, und Frau Meier erfreute sich an kleinen Anekdötchen, die er schmatzend zum Besten gab. Das Mahl war köstlich und der Abend kurzweilig. Fast hätte man von Romantik reden können, ginge es hier nicht um Frau Meier.

»Und was gibt's zum Nachtisch?«, fragte Georg, nachdem er seine Serviette so säuberlich zusammengelegt hatte, als wäre es ein Ausgehhemd in einem Bundeswehrspind.

»Nachtisch, also …«, stotterte Frau Meier, die erstaunlicherweise gar keinen Appetit auf Süßes hatte, »also, ich hätte da noch ein Eis für dich, Fürst Pückler.«

»Ich dachte an was Süßeres«, grinste Georg unverblümt. »Du hast mich noch nicht mal richtig umarmt, seit ich hier bin. Freust du dich denn gar nicht, dass ich alles stehen und liegen gelassen habe, nur um dich zu trösten?«

Also, das hatte Frau Meier nun absolut nicht nötig. Einen Tröster, was bildete er sich denn ein? Dass er das Schnitzel auf ihrem Kartoffelsalat werden sollte? Nee. Wahrscheinlich hatte er Geldprobleme und spekulierte auf seinen nahenden Ruhestand. Leben wie die Made im Speck. In ihrem Speck!

»Eines wollen wir hier doch mal festhalten«, begann sie streng, »ich bin Witwe im Trauerjahr. Hans hat mir nichts hinterlassen, und alles was ich habe, ist die Witwenrente, die ich niemals opfern würde. Wenn du also meinst, du könntest dich hier in ein gemachtes Nest setzen, dann hast du dich aber so was von geschnitten.«

Georg schluckte und war beleidigt. Er wollte lediglich eine Umarmung einer guten alten Freundin nach so langer Zeit. Nur wegen des Wiedersehens. Ein »Willkommen daheim«. Mehr nicht. Vor allem aber, was bildete sie sich denn da ein? Dass er auf Speckrollen im Geldmantel stünde? So alt und unattraktiv war er ja immerhin auch noch nicht. Für ihn war Frau Meier, hormonell gesehen, neutraler als die Schweiz. Definitiv nichts, was er für eine Frau als Jagdobjekt halten würde, aber für einen Freund. Einen wirklich guten und soliden Freund, der ihm den Einstieg und die Rückkehr in das deutsche Alltagsspießertum erleichtern würde.

Zu einem Austausch der gegenseitigen Standpunkte kam es jedoch nicht mehr. Im Schloss der Wohnungstür tat sich etwas. Marie kam nach Hause.

Sie warf ihre Schuhe achtlos durch den engen Flur und plapperte schon ohne Ende, bevor man sie überhaupt sah.

»Schwesterchen, ich habe einen gigantischen Umsatz gemacht. Du hast ja vielleicht eine heiße Nachbarschaft! Die meinten doch glatt, ich sollte unbedingt auch noch Gleitmittel mit anbieten, weil das ja bei so toller Unterwäsche bestimmt nicht ohne Folgen, haha, bliebe, und die Frau im und nach dem Klimaterikum, ach, pfeif' drauf, wie heißt das, dem Wechsel, jedenfalls nicht mehr so schön glibberig wäre.«

»Marie! Ich habe Besuch!«, schallte es aus dem Esszimmer, und Frau Meier bekam einen hochroten Kopf beim Blick auf Georg. Seine Ohren waren binnen Sekunden zu Satellitenschüsseln mutiert.

»Ach, wer ist denn da? Der Herr Krause vielleicht? Na ja, der fände das mit dem Gleitmittel vielleicht auch nicht schlecht, nicht wahr, Herr Krause? Ich muss mir nur noch ganz schnell die Hände waschen, dann komme ich zu euch!«

Manchmal kann Händewaschen bis zu Jahren dauern, dachte Frau Meier, und das Schweigen im heimischen Esszimmer hatte etwas Unanständiges. Georg räusperte sich, zog den Kragen seines Hemdes gerade und schloss die Gürtelschnalle, die er während des Essens dezent geöffnet hatte. Den Knopf auch, wie Frau Meier mit Entsetzen feststellte.

Marie kam ins Esszimmer und strahlte wie ein Castorbehälter.

»Ach nein, der Georg! Das ist ja ein Hammer! Hey, altes Haus, was treibt dich denn hierher?«, fiel sie ihm um den Hals, und Georg packte die Gelegenheit, also Marie, denn man war ihm in diesem Hause ja immerhin noch eine Umarmung schuldig.

Frau Meier stand auf und trug die Teller ab, während Marie sich neben Georg setzte, immer wieder seine Hand tätschelte und es ganz und gar nicht fassen konnte, ihn vor sich zu sehen. Eigentlich freute sie sich genau so, wie Georg es sich von Frau Meier erträumt hatte, aber manche Träume enden einfach anders, als gedacht.

Marie redete ohne Punkt und Komma, als wäre sie und nicht Georg jahrelang weg gewesen. Das Thema Gleitmittel ließ ihr keine Ruhe. Sie fragte sich, wo man das denn günstig erwerben könne und ob das ihrem Geschäft nicht womöglich einen zu ordinären Anstrich gäbe. Andererseits, sie bräuchte es ja auch nur auf Nachfrage anbieten. Georg beriet sie und nahm jede neue Idee, die sie auf den Tisch sprudelte, geduldig auf und trug ihr seine ernsthafte Meinung dazu vor.

Frau Meier nickte immer wieder am Tisch ein und fühlte sich gnadenlos überflüssig. In einem wachen Moment räumte sie den Tisch bis auf die Gläser von Marie und Georg ab und lüftete die Wohnung, damit vor dem Schlafengehen noch ein wenig Frühling hereinwehen konnte. Frühling, was für eine dämliche Jahreszeit, wenn man alleine war und schon recht zackig die 60 genommen hatte.

Auf dem Balkon atmete sie tief durch und sah in die Sternennacht. In den Häusern rings herum gingen langsam die Lichter aus, und die Nacht hätte etwas Beruhigendes gehabt, wenn Maries laute Stimme aus dem Nebenzimmer sie nicht ständig durchschnitten hätte.

Irgendwie waren ihr die Ereignisse des heutigen Tages einfach zu viel. Sie wollte ihre Ruhe, ihren Prof. Dr. Brinkmann und die bunte Welt im Fernseher. Das alles wäre ihr zehnmal lieber gewesen als das hier. Ach Scheiße! Hatte ich schon erwähnt, dass man dieses Wort normalerweise in diesen vier Wänden nicht gebrauchte?

Ein gellender Schrei!

Nun wieder Stille.

»Marie, Georg, kommt mal, hier ist was nicht in Ordnung!«

Die beiden kamen auf den Balkon.

Da war es wieder!

»Hört ihr das? Da braucht jemand Hilfe! Da hat sich jemand verletzt!«

Zu dritt lauschten sie, aber nichts war mehr zu hören! Gerade als Marie sie schon wieder aufziehen wollte, dass sie Halluzidingsdas hätte, hörten sie es erneut. Ein langer leidender und gellender Aufschrei.

Georg sah nach oben. »Das ist über dir, das sind deine Nachbarn. Ein Einbrecher vielleicht?«

Wieder ein Schrei. Aber dieses Mal in einer anderen Tonlage. Irgendwie weiblicher. Dann Stille.

Marie grinste. »Das waren die Krauses. Meine Unterwäsche hilft, sag ich da nur!«

»Hör auf Marie, das war kein Stöhnen, das war was Schlimmes.«

»Lasst uns reingehen, Mädels, ich bin auch ganz schön müde von dem Tag. Ich bin immerhin um die halbe Welt geflogen, um euch zu sehen.«

»Ach«, giftete Frau Meier, »ich dachte, um *mich* zu sehen?«

»Aber klar doch, Mädchen, dich, aber jetzt freue ich mich über euch beide. Wir trinken noch schnell aus, und dann wanke ich zu meinem besoffenen Gottlieb in den Turm des Todes!«, lachte er, und er hatte so schöne weiße Zähne im Dunkeln.

Sie setzten sich auf einen kurzen Schluck, aber Frau Meier war in Gedanken noch immer bei dem Kapitalverbrechen, das sich über ihren Köpfen möglicherweise gerade abspielte, während ihr herzloser Besuch schlichtweg zur Tagesordnung überging und die Schreie als Nebeneffekt einer grenzwertig perversen Sexorgie abtat.

11. NACHTS IM TREPPENHAUS

Als Georg schließlich und endlich auf dem Weg in seinen Turm war, putzten sich Marie und Frau Meier im Bad gemeinsam die Zähne. Frau Meier ihre zweiten, Marie die dritten, die sie danach behutsam in ein Glas Wasser legte und eine Brausetablette hineinwarf.

Frau Meier fand Marie ohne Zähne hässlich, und das tat ihr verdammt gut. Ihre eigenen und zementfest sitzenden Zähne waren schön und gerade. Dank des netten Zahntechnikers, der ihr die Kronen so himmlisch natürlich gebaut hatte. Tja, Schwesterherz, wenigstens in dieser Hinsicht fehlt dir der Biss, dachte sie ein wenig böse, wofür sie sich allerdings keinesfalls aufrichtig schämte.

Sie gingen gemeinsam ins Schlafzimmer, und Marie legte sich auf die Seite, auf der Hans, Gott hab ihn selig, zuvor immer gelegen hatte. Frau Meier schaltete das Licht aus, und Marie wollte es jetzt aber noch einmal ganz genau wissen.

»Sag mal, Schwesterchen, also, das mit dem Gleitmittel, was sagst du denn dazu, du weißt doch auch, wie das ist, ich denke, also, du musst da doch eine Meinung dazu haben?«

»Ach, Marie, mach, was du denkst, es ist mir echt egal. Meinetwegen kannst du auch Vogelstreu zum Darunterschütten verkaufen, damit es nicht solche hässlichen Flecken dabei gibt, es ist mir echt wurscht.«

Durch die Dunkelheit des Zimmers tanzten nun blaue Wirbel. Erst dachte Frau Meier, es sei der Anfang eines Traums mit Prof. Dr. Brinkmann und das Blaulicht kündige einen neuen Patienten in der Schwarzwaldklinik an, aber das Blinken war real. Sie stieß Marie in die Seite.

»Hey, schau mal, also hatte ich doch recht. Blaulicht ohne Sirene. Das ist die Polizei. Die kommen ganz leise, damit sie den Einbrecher noch erwischen.«

Stimmen waren vor dem Haus zu hören. Leise Stimmen. Mehr ein Gemurmel.

»Das muss das Sondereinsatzkommando sein! Marie, das muss ich sehen, lass uns durch den Spion schauen!«

Frau Meier schwang sich mit unerwartet elfenhafter Eleganz aus dem Bett und eilte zu dem winzigen Guckloch in der Wohnungstür.

Einige Männer in dunklem Zivil eilten die Stufen hinauf. Das mussten die Kripobeamten sein. Dann Männer in Weiß. Notarzt und Sanis, tippte sie.

Als Letztes noch ein Herr, der ihr irgendwie bekannt vorkam, aber sie wusste beim besten Willen nicht mehr, wo sie sein Gesicht schon einmal gesehen hatte.

Marie stieß ihre Schwester mit dem Ellenbogen. »Lass mich auch mal, das ist unfair! Mist, da ist keiner mehr, lass uns die Tür ein wenig aufmachen. Ich will auch etwas von dem Ganzen mitbekommen!«

Vorsichtig öffneten sie die Tür einen Spaltbreit. Tatsächlich, die Männer waren alle oben bei Krauses in der Wohnung verschwunden, und es war nichts mehr zu hören.

Marie war sauer. Jetzt passierte endlich mal etwas, und sie hatte es verpasst. Genau in dem Moment, als sie ihrer

Schwester vorwerfen wollte, dass sie immer alles bekäme und sie nichts, hörten sie, wie oben die Wohnungstür aufging und zwei Männer leisen Schrittes die Treppe wieder herunterkamen.

»Marie, hol deine Zähne, das sind 100-prozentig Polizisten, die wollen uns jetzt als Zeugen befragen!« Marie sprang ins Bad und justierte die Dritten schmatzend auf ihren Kiefern.

»Bin wieder da«, zischte sie.

»Zu spät, die fangen wohl unten mit der Befragung an. Da können wir uns vorher wenigstens noch etwas anziehen.«

»Du spinnst wohl, ich habe ein tolles Negligé an, das war teurer als alles, was ich sonst im Schrank habe. Brüsseler Spitze. Zieh du dir was an, ich bleibe so.«

Frau Meier ging zu ihrem Kleiderschrank, doch Marie rief von ihrem Posten aus nach ihr.

»Da, schau mal, die befragen keinen, komm her, die tragen einen …«, Marie stockte der Atem, »… fuck!«

»Marie!«

»Scheiße, Schwester, die tragen einen Sarg nach oben!«

»Quatsch, kann doch gar nicht sein. Wir haben keine Schüsse gehört oder so was.«

»Doch, da schau doch selbst!«

Frau Meier sah noch die hintere Ecke des Sarges, wie er um den Treppenabsatz verschwand, und nun dämmerte ihr auch, wer der Mann war, der ihr so bekannt vorkam.

Kein anderer als der Bestatter, der auch ihren lieben Hans unter die Erde gebracht hatte. Der verständnisvolle und geduldige Herr Uhlbein.

Wenig später wurde der Sarg aus der Wohnung der Krauses nach unten getragen. Die Delegation von Menschen, die zuvor die Treppe hinaufgeschlichen war, schlich nun hinter dem Sarg wieder hinunter. Zwei junge Sanitäter tuschelten, und Frau Meier war sich fast sicher, dass sie kicherten, was in so einem Fall natürlich der absolute Gipfel der Geschmacklosigkeit war.

»Was meinst du, wen es erwischt hat, sie oder ihn?«, fragte Marie neugierig. »Oder den Einbrecher?«

»Der Einbrecher ist bestimmt über alle Berge. Ich glaube, sie. Sie war immer so blass und kränklich. So eine Ernste. Ob der Einbrecher ihr eins übergebraten hat? Na ja, vielleicht auch was ganz Natürliches. Meinst du, sie hatte vielleicht Krebs? Armer Herr Krause, aber so ist nun mal das Leben. Warum soll es anderen Leuten besser ergehen als mir.«

»Wenigstens hatte sie gestern noch mal aufregenden Sex«, flüsterte Marie und schien eindeutig betroffener zu sein als Frau Meier.

»Meinst du, wir sollten hochgehen und kondolieren?«, fragte Frau Meier.

»Spinnst du, das machen wir morgen. Jetzt wird geschlafen, sonst sehe ich morgen aus wie hingespuckt!«

Sie gingen gemeinsam zu Bett, und während Frau Meier trotz des Vorfalls sofort einschlief, lag Marie noch lange wach und dachte über das Leben nach. Und über das Sterben. Und über Beerdigungen und darüber, dass sie irgendwann einmal mit Horst, Hans und Frau Meier unterm Bäumchen liegen würde. Welch ein beruhigendes Gefühl, und schließlich fiel auch sie in einen tiefen, traumlosen Schlaf.

12. FICHTE, EICHE ODER KIEFER?

Am nächsten Morgen klingelte es bereits vor acht Sturm.

Marie und Frau Meier sahen einander fragend an. Frau Meier hievte sich murrend aus dem Bett und zog rasch ihren, nein, Hans' alten verschlissenen Frotteebademantel an.

Als sie die Tür öffnete, stand vor ihr eine weinende Hilde Krause. Ganz in Schwarz. Die Kleidung, die Strümpfe, die Schuhe. Nur die Augen waren klatschrot.

Frau Meier sah sie betont verdutzt an. Sie hätte ja unmöglich sagen können: Ach, hat es doch Ihren Mann erwischt, na herzlichen Glückwunsch, dass Sie es überlebt haben. Stattdessen fragte sie höflich: »Was kann ich für Sie tun, Frau Krause, was ist denn passiert?«

»Ach«, weinte die frisch gebackene Witwe, »mein Mann ist gestern Nacht ganz plötzlich und unerwartet ...« Nun musste sie richtig heulen, die Bäche flossen auf den Boden, als wollte sie Frau Meier freundlicherweise die Große Hausreinigung ersparen.

»... verstorben ...«

»Du lieber Himmel, Frau Krause, mein aufrichtiges Beileid. Wenn ich irgendetwas für Sie tun kann ...?«

»In der Tat, Frau Meier, ich habe eine ganz große Bitte an Sie. Sie haben das doch alles gerade erst hinter sich, bitte, bitte«, schluchzte sie, »kommen Sie mit mir zum Bestatter.

Mein Sohn kann erst morgen kommen, und ich schaffe das alleine nicht. Ich weiß doch gar nicht, wie man das macht. So eine Beerdigung. Der Herr Uhlbein meinte, ich sollte auch was zum Anziehen für meinen Josef mitbringen, und ich habe von all dem doch so gar keine Ahnung. Soll ich da jetzt einen Anzug oder einen Pyjama oder – bitte helfen Sie mir, ich kann das alles nicht.«

»Frau Krause, ich komme gleich hoch, dann können wir ja etwas aussuchen, und natürlich begleite ich Sie. Wir sind ein halbes Leben lang Nachbarn. Das ist eine Selbstverständlichkeit, obwohl es mein gesundheitlicher Zustand wirklich schwer für mich macht. Aber Sie können sich auf mich verlassen, da gebe ich Ihnen mein Wort.«

»Danke, ich bin Ihnen so unsagbar dankbar. Auch dass Sie mir mit der Kleidung helfen. Man kann ihn ja schlecht so nackig im Sarg liegen lassen. Danke, Sie sind mir eine wirkliche Hilfe.«

Bei dem Wort »nackig« stutzte Frau Meier ein wenig, aber na ja, vielleicht war er ja in der Badewanne gestorben? Oder unter der Dusche? Oder vielleicht doch … nein, das wollte sie sich gar nicht genauer vorstellen.

Frau Meier ging ins Bad, und Marie kam hinter der Garderobe hervor, wo sie die ganze Zeit gelauscht hatte. Da ihre Schwester ja nun einen Termin hatte, kochte sie den Kaffee für beide und bestrich einen goldgelben Toast mit Marmelade für Frau Meier.

Als diese jedoch fix und fertig angezogen aus dem Bad kam und sich an den gedeckten Frühstückstisch setzte, musste Marie erneut erkennen, dass man ihrer Schwester mit nichts eine Freude machen konnte. Laut Frau Meier hatte sie noch nie im Leben selbst Toast gemocht und diesen nur und ausschließlich wegen Marie im Hause. Ferner sei die Marmelade nicht mehr genießbar. Bei näherer Betrachtung musste Marie ihr in dieser Beziehung recht geben, denn in dem Glas selbst lachten ihr ein paar blaugrüne Augen entgegen. Hatte sie nicht gesehen, morgens brauchte sie halt immer eine Weile.

Frau Meier aß Graubrot mit Wurst und einer Scheibe Käse als Topping obendrauf. Dazu Tee. Keinen Kaffee. Den Orangensaft ließ sie ebenfalls stehen, da ihr das sonst Sodbrennen bereiten würde, erklärte sie. Komisch, so dachte Marie, dass sie sonst immer extra welchen verlangte.

Oben, im Schlafzimmer der Krauses, wollte Frau Meier die Umstände des Todes von Herrn Krause ein wenig genauer kennenlernen. Während sie einen guten Nadelstreifenanzug und eine violette Krawatte sowie ein weißes Hemd heraussuchte, fragte sie die stocksteif dasitzende, und ihrer Ansicht nach extrem passive, Witwe nach den näheren Details.

»Ach, der Josef, der Josef. Wissen Sie, der ist immer so feurig und temperamentvoll. Er ist so neugierig und immer aktiv. So lange wissen wir schon, dass er seine Herztabletten wirklich nie, niemals vergessen darf, aber gestern …«

»Was war denn gestern, hat er sie da vergessen?«, fragte Frau Meier besorgt und mütterlich.

»Ja!«, brach es aus Hilde Krause hervor. »Ja, ja, ja, und ich mache mir solche Vorwürfe! Ich bin an allem schuld, ich möchte selber sterben. Ich halte das nicht aus. Wir hätten …«

Frau Meier legte den Arm um Frau Krause und nahm auf dem Ehebett neben ihr Platz.

»Jetzt beruhigen Sie sich. Ihr Mann war erwachsen, er musste selbst an die Tabletten denken. Sie sind nicht schuld. Kein bisschen. Wir Frauen können nicht an alles denken, verstehen Sie?«

»Aber ich hätte ihn vorher fragen sollen!«, trotzte Frau Krause.

»Nein, Sie können ihn doch nicht kurz vorm Sterben fragen, ob er seine Tabletten geschluckt hat.«

»Doch nicht vorm Sterben! Vorm Sex!«

»Ach du Scheiße!«, entfuhr Frau Meier erneut das böse Wort. »Wollen Sie damit andeuten, dass Ihr Mann auf Ihnen, also während des, ähm …?«

»Ja, genau so. Er ist gekommen und gleichzeitig gegangen!«

»Oh, verstehe.«

Frau Meier war beschämt, und gleichzeitig fühlte sie sich selbst ein wenig schuldig. Hätte sie Herrn Krause nicht in die Wohnung gelassen, hätte er nie die heißen Höschen gekauft, und dann hätten Frau Krause und er nicht … Jedenfalls würde er jetzt wahrscheinlich unterwegs sein und frische Brötchen kaufen, anstatt im Kühlfach zu liegen. Nein, eigentlich war sie ja gar nicht schuld. Marie! Marie war schuld. Sie hatte die Krause zur Witwe gemacht und den Gatten um die Ecke gebracht. Indirekt zwar, aber das war ja egal. Oh, Marie! Du Unglücksvogel!

Im Beerdigungsinstitut »Ruhe sanft«, wartete Herr Uhlbein bereits auf die beiden Damen.

Er führte sie in das dezent vanillegelb gestrichene Besprechungszimmer und setzte dieselbe versteinerte Miene auf wie vor acht Monaten, als Frau Meier mit Gina hier saß.

Freundlich bot er ihnen Tee an und fragte nach den Kleidern für den Verstorbenen.

Frau Krause reichte ihm die Tüte mit den Sachen. Leider eine Lidl-Tüte, denn auf die Schnelle hatte sie keine andere gefunden.

Nachdem die meisten Formalitäten erledigt waren, führte sie Herr Uhlbein in das Sargstudio. 20, nein 30 Särge unterschiedlichen Holzes, Beschlages und von unterschiedlicher Form waren dort aufgebaut. Frau Meier fand ja das solide Fichtenmodell sehr schön, weil auch sehr preiswert, aber Frau Krause wollte Eiche. Mit großen, massiven Messingbeschlägen. Dazu ein Kreuz mit einem Jesus, das auf den Deckel gezimmert werden sollte.

Immer wieder im Verlauf des Gespräches mit Herrn Uhlbein hatte Frau Krause den Rat von Frau Meier gesucht, aber nie angenommen, was Frau Meier langsam nervte, denn wozu war sie schließlich hier?

Herr Uhlbein aber fand ihre Ideen gut und versuchte, seine Kundin dazu zu überreden, aber irgendwas lief da bei Frau Krause ab, das keiner so wirklich durchschauen konnte. Von allem wählte sie das Teuerste. Eine gigantische Grabstätte, ein üppiges Blumengebinde, das dem örtlichen Blumenhändler für ein Jahr das Überleben seines Ladens sicherte, und eine Harfenistin zur Trauerfeier, die das Ave Maria zupfen sollte. Dann noch den Posaunenchor, die Grabträger mit dem großen weißen Kragen, einen Kinderchor, der genau in dem Moment singen sollte, wenn Herr Krause langsam in die Erde zu den Würmern herabgelassen würde. Na schön. Die Geschmäcker gingen jedenfalls deutlich auseinander, aber Herr Uhlbein hatte in diesem Moment die wohl teuerste Beerdigung eines Bürgerlichen organisiert, die es je in Bamberg gegeben hatte.

13. HUCH!

Als Frau Meier die Krause in ihrem Opel wieder sicher nach Hause geschaukelt hatte und man sich vor dem Haus mit ernster Miene und netten Worten nochmals die Hand schüttelte, wartete Marie schon hinter dem Küchenvorhang gespannt auf Neuigkeiten.

Sie öffnete ihrer Schwester rasch die Tür und winkte sie herein. »Boah, das hat ja ewig gedauert, was habt ihr denn so lange dort gemacht?«

»Gekauft. Die Krause hat alles zusammengekauft, was es an Beerdigungsschnickschnack so gibt. Du glaubst es nicht. Da wird nicht der Krause von nebenan, sondern Scheich Abu al Schlagmichtot beerdigt. Unfassbar.«

»Echt?«, fragte Marie, »erzähl mal.«

»Du, ich erzähle dir gar nichts. Du packst mal ganz schnell deine sieben Köfferchen, bevor es hier noch zum Eklat und die Krause auf dumme Gedanken kommt.«

»Wieso?«

»Wieso? Weißt du, wie der Krause gestorben ist? Weißt du das? Nein? Er ist auf der Krause gekommen und gegangen! Der ist mittendrin gestorben! Und warum? Weil meine Schwester dem alten Knacker Reizwäsche verscherbelt hat. Der Krause ist tot, weil du ihm die Wäsche untergejubelt hast, und die Krause grämt sich jetzt ohne Ende. Wenn sie die erste Trauer überwunden hat, dann geht sie dir an die Gurgel, das verspreche ich dir!«

»Huch! Scheiße. Das könnte sein, du! Ich geh' packen.«

»Mach das. Und sag nie wieder ›Scheiße‹ in meiner Wohnung.«

»Soll ich zur Beerdigung kommen?«

»Bloß nicht!«

Marie packte in Windeseile. Sie trug ihre Koffer nun alleine hinunter und verstaute sie ziemlich unkoordiniert in ihrem Kombi. Es war besser, die trauernde Neu-Witwe nicht durch ihre Anwesenheit an die Vorfälle zu erinnern, aber natürlich war sie nicht schuld daran, dass der Krause den Löffel abgegeben hatte. Sie nicht. Oder doch?

Als sie losfuhr, hupte sie noch kurz, und Frau Meier winkte ihr vom Küchenfenster aus zu. Frau Krause stand ebenfalls an ihrem Küchenfenster, ein Stockwerk höher und weinte. Sie weinte ohne Unterlass, als gäbe es kein Morgen, aber eines war ihr klar, sie musste Buße tun. Sie, Hilde Krause, geborene Schöttler. Buße dafür, ihren schwer herzkranken Mann in den Tod gevögelt zu haben. Sie schämte sich, aber eine akzeptable Idee begann in ihr heranzureifen. Wirklich gar keine schlechte Idee.

14. ERST MAL EIN NICKERCHEN

Frau Meier war geplättet von den Ereignissen der letzten Stunden. Von Maries Schuld, von Georgs Überraschungsbesuch und von der Tatsache, dass der Rücken fast gar nicht mehr schmerzte. Sie beschloss also, erst einmal ein Schläfchen zu halten, wegen der Schonung, und hinterher ihre Wohnung wieder auf Vordermann zu bringen. Ferner musste sie heute noch ein Trauergebinde für Herrn Krause bestellen und Georg seinen Schal vorbeibringen, den er gestern hier vergessen hatte. Dabei könnte sie sich gleich beim Metzger eine leckere dicke Fleischwurst besorgen und heute Abend einen fantastischen Wurstsalat für sich und Prof. Dr. Brinkmann zubereiten.

Sie öffnete den Schrank, in den sie gestern ihre Decke achtlos hineingeworfen hatte, und natürlich fielen ihr zuerst die Höschen entgegen, die sie am Vortag ebenso entsorgt hatte. Vorsichtig nahm sie einen der Stringtangas in die Hand und hielt ihn gegen das Licht. Spitze, reine Spitze. Wie machten die das nur mit den Haaren darunter? Sah das nicht ein wenig blöde aus? Und so ein Faden im Hintern. Sollte das wirklich schön sein? Frau Meier schüttelte den Kopf, wobei sie die Wäsche wieder in den Schrank stopfte und ihre Schlafdecke an Land zog.

Das Sofa hatte schon auf sie gewartet, das spürte sie förmlich. Es tat so gut, zu liegen. Ruhig, ausgestreckt. Aber wo war die Schokolade? Wusste sie doch gleich, dass hier irgendetwas fehlte. Sie stand auf, ging in die Küche und holte sich eine Schachtel Pralinen, die sie sich vor einigen Tagen in dieser kleinen Confiserie in der Langen Straße gekauft hatte. Schon der Duft, der ihr entgegenstieg, als sie die Packung öffnete, war eine Offenbarung. Hastig stopfte sie sich drei der kleinen runden Verführer in den Mund und schlief ein, noch während der zarte Schmelz an ihrem Gaumen seine Zünder zur Geschmacksexplosion vorbereitete. Explosionen waren für sie, an einem Tag wie diesem, ohnehin zu spannend, und so schlief sie, ohne dieses Mal dabei gestört zu werden, bis nachmittags um fünf.

Der Regen, der gegen die Scheiben trommelte, weckte sie. Ach herrje, jetzt muss ich wohl mit dem Auto zum Carlsturm fahren, dachte sie und freute sich, ihren maroden Knochen die leichte Anhöhe auf dem Rückweg ersparen zu können.

Sie stand auf, völlig ohne Stöhnen, griff zum Telefon und bestellte das Trauergebinde für Josef Krause. Dann machte sie sich im Bad ein wenig zurecht und schnappte ihren Einkaufskorb. Beinahe hätte sie Georgs Schal vergessen, aber in letzter Minute lachte sie das rote Wollding doch noch an, und sie packte es rasch ein. Eigentlich waren Männer mit roten Schals generell schon mal verdächtig. Was, um Himmels willen, war dieses Ding für eine Botschaft an die Welt?

Sie fand einen Parkplatz vor der Metzgerei und sah an dem Turm hoch. Zuerst würde sie den Schal abgeben, dann einkaufen. Schwer schnaufend nahm sie die Stufen in Angriff. Immer wieder blieb sie stehen und atmete durch. Schweiß stand ihr schon im ersten Stock auf der Stirn, aber sie lief tapfer weiter. Vor Georgs Tür hielt sie einen Moment inne, um ihm nicht so, in diesem hechelnden Zustand, zu begegnen. Keuchend wie ein Kettenraucher, der soeben den Himalaja bestiegen hatte. Leise klopfte sie. Niemand da. Sie hielt ihr Ohr an die Tür und lauschte. Vielleicht schlief er? Sie klopfte erneut. Etwas vehementer und in einem anderen Takt, aber nichts tat sich.

»Da Schorsch is untn in da Wurschtküchn!«, klopfte ihr jemand auf die Schulter. Sie fuhr zusammen und schleuderte ihren Einkaufskorb um sich.

»Mein Gott, haben Sie mich erschreckt! Ja, sind Sie denn wahnsinnig?«

Die schielenden Schweinsäuglein des Metzgers blickten Frau Meier fragend an.

»Der Georch ist net da, des sach ich dir jetz noch mal. Der ist untn, ich wollt dich doch net erschreckn. Schön, dass ma sich hier a mal sicht. Oder wollste zu mir? Ich wohn gleich drunter, an Stock tiefer! Und was der Georch mog, des mog i a. A weng was Fleischiges.«

Frau Meier war entsetzt und stapfte energisch und selbstverständlich ohne eine Antwort zu geben die Treppe hinunter. Um ein Haar hätte sie vergessen, ihre Fleischwurst zu besorgen, so schockiert war sie über den Metzger Carl, aber dann stieg ihr der Duft der Metzgerei so verlockend in die Nase, dass sie über ihren Schatten sprang und die Ladentür öffnete.

Drinnen lächelte sie die rothaarige Verkäuferin an. Sie war neu, Frau Meier hatte sie noch nie gesehen.

»Einen Kringel Fleischwurst, bitte.«

Die Verkäuferin wog ab, packte ein und verlangte 5,60 Euro dafür. Allerdings sprach sie mit Akzent, und Frau Meier musste erneut fragen, wie viel sie schuldig sei.

Wie sie im Gespräch erfuhr, hieß die Rote Olga. Olga aus Polen und seit zehn Tagen erst hier. »Kochen, putzen, Laden, Zimmermädchen und abends bedienen«, zählte sie ihr Tätigkeitsfeld auf.

Frau Meier nahm das Wurstpaket und packte es in den Einkaufskorb, als sie den roten Schal entdeckte.

»Könnten Sie das Ihrem Gast, Herrn Hofmann, vielleicht geben?«, reichte sie das seltsam verfilzte Wollding über die Theke.

»Dem Georg gerne ich geben. Georg feiner Mann und so stark. Hat heute Schweinehälfte getragen. Ist gute Mann, der Georg. Jetzt mit Chef in Wurstküche und macht Schlachtschüssel.«

»Na dann«, nickte Frau Meier und sah sich das Rote Gift, so würde sie die Verkäuferin ab sofort nennen, noch mal genauer an. Richtig hübsch und wohl geformt war sie, die Olga, und das gefiel Frau Meier beim besten Willen überhaupt nicht.

Sie zwängte sich in ihren Wagen und fuhr in ihre Garage, die ungefähr genauso weit von der Wohnung entfernt lag wie die Metzgerei, allerdings ohne den gefürchteten Anstieg. Außerdem lockte auch noch die »Bäckerei Hefezopf« auf dem Weg. Dort gestattete sich Frau Meier als letzte Kundin des Tages ein extra großes Stück Nuss-Creme-Torte mit Knusperschicht. Hübsch verpackt in einer kleinen Tragetüte als Nachtisch für den

Abend. An Tagen wie diesem hatte man sich in der Tat etwas Gutes verdient.

Frau Meier war trotzdem irgendwie sauer. Erst der unverschämte Metzger und dann auch noch die Entdeckung von Olga von der Wolga. Polen hatte zwar mit der Wolga nicht viel zu tun, aber wurscht. Und der Georg war auch schon wieder mittendrin. Sollte er doch abends mit Wolga-Olga essen. Sie jedenfalls stünde für Kochdienste wie gestern nicht mehr zur Verfügung. Und sein Känguru-gulasch könnte er sich demnächst ja sonst wo zubereiten. Jawohl. Vermutlich stand er ohnehin mehr auf polnische Schlachtschüssel, dieser Verräter.

Ihre geradezu überschäumende Leidenschaft lebte sie nun an den Zwiebelringen aus, die sie für den Wurstsalat hauchdünn hobelte. Dabei flossen dicke Tränen auf das Schneidebrett. Keineswegs aber wegen Georg, nein, alleine wegen der Mistzwiebeln, die so unsagbar scharf waren.

Es läutete. Frau Meier wischte ihre Hände an der Schürze ab und öffnete die Tür. Noch immer hatte sie feuchte Augen, was ihre Besucherin zutiefst rührte.

»Liebe Frau Meier«, säuselte die Neuwitwe Krause, »ich hätte ja nie gedacht, dass Sie der Tod meines Mannes so mitnimmt.« Behutsam berührte sie die Nachbarin tröstend am Unterarm.

Frau Meier begriff. »Nein, nein, ich schneide Zwiebeln, da muss ich immer weinen.«

»Ach, das hab ich vorhin auch der Frau Lehmann erzählt, als sie kondolierte, aber ich denke, durch den Tod meines Josef brechen bei Ihnen wohl alte Wunden wieder auf. Ist ja doch noch nicht so lange her, dass Ihr Mann von uns gegangen ist.«

Hm, daran hatte Frau Meier ja irgendwie noch gar nicht gedacht und wog rasch ab, ob es nicht vielleicht ganz gut wäre, Frau Krause in dem Glauben zu lassen.

»Sie haben ja so recht. Das ist eine Wunde, die niemals heilt. Am liebsten wäre ich auch tot. Ich sage Ihnen, es wird eine furchtbare Zeit werden. So alleine, so einsam, so still.«

Nun heulten beide im Treppenhaus, und in den Nachbarwohnungen schüttelte man mitleidig den Kopf. Diese armen einsamen Frauen – hoffentlich begegnete man ihnen in den nächsten Tagen erst gar nicht. Das waren ja immer derart beklemmende Situationen, die ersparte man sich doch gerne.

»Frau Meier«, brach es schließlich doch recht sachlich aus der Krause heraus, »ich gehe jetzt in die Kirche zum Totengebet. Mein Sohn Hermann kommt nun doch schon heute Abend hier an. Bitte würden Sie ihm den Schlüssel zur Wohnung geben, damit er hinein kann?«

»Ja, das kann ich schon machen. Hängen Sie ihm einen Zettel an die Tür, dass er hier klingeln soll, einverstanden?«

»Einverstanden! In knapp zwei Stunden bin ich ja wieder zurück.« Sie reichte Frau Meier einen Schlüsselbund mit Teddyanhänger, den diese ohne groß hinzusehen auf die kleine Kommode im Flur warf. Dabei leider aber, ohne zu merken, dass Teddy und Co. schon im selben Moment nicht auf der Kommode landeten, sondern in dem danebenstehenden Schirmständer verschwanden.

Mit der herrlich in Essig und Öl schwimmenden Wurstspezialität und einem Fläschchen alkoholfreiem Bier setzte sie sich auf ihr Sofa und schaltete den Fernseher ein. Wunderbar. Endlich Ruhe und Entspannung, doch diese währte lediglich einen verdammten Wurstsalat lang. Als sie die Schüssel wieder in die Küche trug, war es vorbei mit der Ruhe.

Es klingelte erneut, und wer hätte es anders erwartet, Hermann Krause, der arme Junge, stand mit einem Koffer und einer Reisetasche vor ihr.

»Da war ein Zettel, ich soll den Schlüssel bei Ihnen holen.«

»Ja, kommen Sie doch rein, Hermann, erst mal mein Beileid, ich war gerade beim Essen, entschuldigen Sie. Ich hole den Schlüssel rasch.«

Frau Meier stutzte. Wo war nur dieser dämliche Schlüssel?

»Hermann, kommen Sie doch mal eben richtig rein, also ins Wohnzimmer, meine ich. Setzen Sie sich. Ich habe den Schlüssel eben noch hierhin gelegt, und nun ist er weg. Ich muss ihn suchen. Einen kleinen Augenblick.«

Während Frau Meier nach Teddy und seinen Schlüsseln suchte, wurde Hermann im Wohnzimmer blass wie ein Gespenst, und seine Finger begannen zu zittern. Kalter Schweiß rann von seiner Stirn.

»Frau Meier, wenn das noch lange dauert, dann ist alles zu spät. Ich habe Zucker. Also Diabetes. Ich muss dringend etwas zu mir nehmen, sonst kippe ich hier um, und sie müssen den Notarzt rufen. Sechs Stunden Autofahrt. Ich bin volle Kanne im Unterzucker. Oder haben Sie ganz schnell etwas Süßes?«

Frau Meier wurde panisch. Süßes. Suchen. Pralinen. Nein, die waren für heute Abend. Die Torte, genau die Nuss-Creme-Torte mit der Knusperschicht.

Sie eilte in die Küche und ließ das extra große Stück auf einen Teller plumpsen. Dem fehlte zwar eine Ecke, aber bei so einem Notfall konnte man nicht das Meißner Porzellan auffahren.

Sie reichte Hermann den Teller, doch der konnte diesen bereits nicht mehr alleine halten. Notfall – absoluter Notfall. Emergency Room in Frau Meiers guter Stube.

Eilig schob sie Hermann, der heute offensichtlich vom Pech verfolgt war, einen gewaltigen Kanten der Konditorensünde in den Mund. Und noch ein Gäbelchen für die Mama, für den … ach so, gab es ja nicht mehr. Meine Güte. Einen erwachsenen Kerl hatte sie auch noch nie gefüttert.

Nach dem dritten Bissen kam wieder Leben in den Burschen, und er hörte fast vollständig auf zu zittern.

»Sie haben mir das Leben gerettet, Frau Meier!«

»Nicht der Rede wert, Sie sind bei mir in guten Händen, ich war Arzthelferin, ich weiß, was in solchen Fällen zu tun ist. Nur keine Sorge. Sie entspannen sich hier, essen die Torte auf, und ich suche Ihren Schlüssel.«

»Danke, so machen wir das!«, lachte Hermann Krause.

Ich bin genial, dachte Frau Meier, als sie weiter – bedauerlicherweise jedoch immer noch erfolglos – nach den Schlüsseln zur Kraus'schen Wohnung suchte.

»Die Torte ist der Hammer, köstlich. Was ist das für eine? Amaretto-Sahne?«

»Nein, mein Bester«, rief sie aus dem Flur, den Kopf kurz vor der Stelle, wo sie den Schlüssel finden würde,

»das ist Nuss-Creme. Ein Traum. Extra viele Nüsse, etwas ganz was Gutes!«

Hermann erwiderte etwas darauf, aber Frau Meier verstand es leider nicht, denn ihr Kopf steckte nun im Schirmständer, und sie war überglücklich, die Schlüssel endlich gefunden zu haben.

Strahlend kam sie ins Wohnzimmer, wo es sich Hermann, dieser Flegel, anscheinend so richtig gemütlich auf dem Sofa gemacht hatte. Die Beine nach oben, die Arme ausgebreitet, lag er da.

»Also, hören Sie mal, Hermann, hier sind die Schlüssel. Ihr Nickerchen könnten Sie auch gut oben bei Ihrer Frau Mutter halten. Sicher hat sie Ihnen ein Bett gerichtet.«

Doch Hermann Krause wollte nicht hören. Er lag da, und nun röchelte er auch noch unanständigerweise. Wie obszön! Was bildete sich dieser Junge denn ein? Da wollte man mal nett sein, und dann so etwas!

Wieder röchelte Hermann. »Hiiiii!«

»Nix hiiii, ich glaube, jetzt geht es wohl los bei Ihnen. Machen Sie, dass Sie hier rauskommen!«

Noch einmal: »Hiiii!« Und dabei winkte er schwach mit seiner Hand und bedeutete Frau Meier, etwas näher zu kommen.

Sie hielt angewidert ihr Ohr in seine Richtung. Oh, scheinbar brauchte er Hiiiiilfe!

»Wieso Hilfe? Haben Sie jetzt zu viel Zucker? Haben Sie sich irgendwas gespritzt? Hermann? Nun reden Sie schon!«

»Nüüüüü, Alle …« Und dann war Ruhe. Jetzt sagte er gar nichts mehr. Sackte zurück und schnappte nach Luft wie ein Karpfen. Was für dicke Lippen der Junge hatte. Komisch, die waren ihr zuvor so extrem gar nicht aufgefallen.

»Oh Gott!«, schrie sie aus voller Kehle, »Nüsse! Allergie! Das wollte er mir sagen! Verdammt, verdammt, verdammt!«

Sie rief den Notarzt. 112. Hermann sagte gar nichts mehr. Lag nur noch da. Der Puls, das konnte sie spüren, wurde immer flacher, und sie hoffte nur, dass er ihr nicht auf ihrem schönen Sofa davonsterben würde. Anaphylaktischer Schock. So hieß das, was man da gerade auf ihrer Wohnlandschaft bestaunen konnte. Fast so wie am Dienstag, bei Dr. House, aber da geschah wenigstens alles in einem hygienischen Krankenbett, das man problemlos reinigen konnte.

Und der Notarzt war immer noch nicht da. Sie war panisch. Georg. Der war in der Nähe, vielleicht konnte er schnell kommen. Mist, Mist, Mist, wo war nur die Handynummer?

Sie rief an. Georg hob sofort ab.

»Rate mal, wo ich bin, mein Mädchen?«

Na, wo wohl, dachte Frau Meier böse, bei Olga und wuchtest rohe Schweinehälften durch die Landschaft. Aber das sagte sie natürlich nicht.

»Direkt vor deiner Haustür. Drück mal den Summer, dann bin ich in einer Minute da, see you.«

Oh, so nah war also die Rettung. Sie drückte den Türöffner, und Georg nahm immer gleich zwei Stufen auf einmal, bis er strahlend und wieder mit ausgebreiteten Armen vor ihr stand.

Sie strahlte gar nicht, und seine Arme waren ihr so was von egal.

»Georg, ich brauche deine Hilfe. Der Sohn von der Witwe stirbt gerade auf meinem Sofa!«

»Haha, du kleiner Scherzkeks, wenigstens deinen Humor hast du nicht ganz verloren«, grinste Georg. »Haha, Witwe, Sohn, wie lustig, du hast doch eine Tochter, schon vergessen?«

»Nein, echt. Der liegt hier und hat irgendein Problem, und wenn der stirbt und die Muskulatur der Blase erschlafft, dann pinkelt der mir auf meinen Lieblingsplatz.«

»Mädchen, lass mal sehen!« Und tatsächlich. Da lag einer. Mitte 30 und war kurz davor, im Nirwana Himbeeren zu pflücken. »Bullshit! Was hat der denn?«

»Diabetes und ich weiß auch nicht, die Torte nicht vertragen!«

»Okay, lass uns überlegen. Was macht der bei dir? Wer ist das überhaupt? Hast du damit irgendwas zu tun? Hast du ihm was gegeben? Koks, irgendwas? Ist das ein Fixer? Was will der überhaupt auf deinem Sofa? Tagesschau gucken?«

»Quatsch. Ich glaube, er hat eine Allergie. Gegen Nüsse. Ich wollte ihn vor einem hypoglykämischen Schock bewahren – Unterzucker, verstehst du – und da hab ich ihm die Torte gegeben. Darin waren Nüsse, und die kann er nicht ab.«

»Noch mal Bullshit!« Er lockerte den Kragen des Allergikers. »Komm, wir zerren ihn erst mal in den Flur. Da kann man wenigstens aufwischen.«

Was für ein praktisch veranlagter Mann Georg doch war.

Der Notarzt kam, als Hermann bereits in den Flur und in die stabile Seitenlage umgesiedelt worden war. Georg hatte ihm ein Kissen unter den Kopf gelegt, und Frau Meier hielt extrem besorgt seine Hand. Irgendwie atmete er doch noch schwach, aber der Karpfenmund schnappte kaum mehr nach Luft.

Binnen weniger Sekunden war das Rettungsteam Herr der Lage. Hermann bekam eine Infusion und wurde auf die Trage gepackt.

Der Notarzt arbeitete ruhig und zügig. Sogar souverän. Schon nach wenigen Minuten in der Meier'schen Ambulanz konnte der Patient die Treppe hinuntergetragen werden. Übrigens ohne Tuch über dem Kopf, denn Sie wollen das ja sicher ganz genau wissen. Just in dem Moment, als Frau Krause vom Kirchgang zurückkam, schob man Hermann Krause unter den Augen seiner Mutter in den Krankenwagen.

Georg und Frau Meier betrachteten das Szenario aus dem Küchenfenster. Wie Frau Krause ihr schwarzes Kopftuch von den Dauerwellen riss, in den Rinnstein warf und in den Krankenwagen hineinstürzte. »Hätte in keiner Soapopera besser dargestellt werden können«, meinte Georg. Dann fuhren sie mit Martinshorn und Blaulicht los. Wenig später war Frau Krause nicht nur Witwe, sondern auch noch kinderlos.

15. KÄSE ZUM DESSERT

Nachdem Frau Meiers wunderbares Stückchen Nusstorte ja so ein bedauerliches und wahrhaft tragisches Ende gefunden hatte und Georg und sie erwiesenermaßen einen gewissen Grundstock für eine Flasche australischen Weines benötigten, entschieden sie gemeinsam, in Frau Meiers Kühlschrank Inventur zu machen. Georg förderte Camembert, mittelalten Gouda und ein Stück Bergkäse zutage und legte alles hübsch auf eine Holzplatte. Frau Meier deckte im Esszimmer erneut den Tisch für zwei mit Kerzen und den hauchdünnen Rotweingläsern. Wieder arbeiteten sie Hand in Hand. Still diesmal, aber sie benötigten in diesem Moment wirklich keine Worte. Sie standen unter Schock, und obgleich Frau Meier ja eigentlich nichts, aber auch gar nichts falsch gemacht hatte, lastete das schlechte Gewissen auf ihr wie eine Tonne Haselnüsse. Sie mochte gar nicht daran denken. Aber Georg war klasse gewesen. Sofort zur Stelle und ebenfalls ernsthaft um ihr Sofa besorgt.

Irgendwie war er doch ein toller Mann. Schlecht sah er eigentlich auch nicht aus. Für sein Alter … Ach, Georg. Der Arme war ja noch nicht mal darüber im Bilde, dass der alte Krause gestern ums Leben gekommen war. Und vor allem noch nicht darüber, wie! Bei dem Gedanken daran musste sie grinsen. Gekommen, um zu gehen, eigentlich irgendwie lustig! Und sein Sohn kam in gewisser Weise ja auch, um zu gehen.

Georg und Frau Meier nahmen am Tisch Platz. Die Kerzen flackerten, als sie sich setzten, und trotz allem war es einfach schön, diesen Abend nicht alleine mit Dr. House oder Prof. Dr. Brinkmann oder gar Heidi und ihren klapperdürren Topmodels verbringen zu müssen.

Während sie den Käse bis auf das letzte Krümelchen vertilgten, berichtete Frau Meier ihrem Freund Georg, wie und vor allem warum Herr Krause denn das Zeitliche gesegnet hatte. Georg lachte. »So will ich auch sterben!«

»Auf der Krause?«, kicherte Frau Meier.

»Ach was, Mädel. Auf einer Frau im Allgemeinen. Es ist eben alles ein Kommen und ein Gehen!« Dabei prusteten beide los, und Frau Meier hatte Probleme, den Schluck Rotwein, der den Ausweg durch ihre Nase suchte, dezent wieder in die richtigen Bahnen zu lenken.

Georg blieb lange. Bis nach zwei Uhr, und so sehr es Frau Meier auch auf der Zunge brannte, Olga war kein Thema. Vielleicht würde sie ihn morgen auf sie ansprechen.

16. HERR UHLBEIN KANN NETT SEIN

Auch am nächsten Morgen blieb Frau Meier nicht von unliebsamen Störungen zu unchristlicher Zeit verschont. Das Telefon klingelte um halb acht.

Bullshit, dachte sie und freute sich, dass sie nun nicht mehr das Sch…-Wort zu verwenden brauchte. »Bullshit« klang gut. Rustikal. Männlich und irgendwie nach Georg.

»Hallo, Meier hier!«

»Liebe Frau Meier, hier ist Hilde Krause«, lallte es auf der anderen Seite. »Frau Meier, mein Sohn ist gestorben, und ich muss hier in der Klinik bleiben. Nervenzusammenbruch.«

»Oh, wie schrecklich, meine Liebe, mein Beileid. Kann ich Ihnen denn helfen?«

»Ja.«

»Ja? Aber wie, Frau Krause, was ist denn mit Ihnen los? Sie sprechen so seltsam?«

»Sind die Pillen, spreche aber normal. Bisschen langsam vielleicht? Also, ich wollte Sie bitten, mir ein paar Nachthemden und Waschzeug zu bringen. In die Klinik. Und einen Anzug für meinen Hermann zum Bestatter. Herr Uhlbein, wie gehabt. Und alles andere für die Beerdigung so wie für meinen Josef. Ganz genau gleich. Die kommen in ein Grab. Alles in einem Aufwasch. Grabstein – da kümmere ich mich wieder selbst, wenn ich herauskomme. Sie haben ja noch den Schlüssel. Können ja in meine Wohnung. Muss jetzt Schluss machen, ich bin so müde. Danke.«

Die Krause hatte einfach aufgelegt, ohne auf eine Antwort zu warten. Das war ja was.

Bullshit, na ja, vielleicht war das doch auch nicht das richtige Wort, Mist, nun hatte sie die Beerdigung der kommenden und gehenden Krauses und die alte Krause auch noch an der Backe. Wo bei allem blieb denn jetzt eigentlich sie? Sie hatte Schonung verordnet bekommen, und außerdem müsste sie zur Kontrolle wieder zum Arzt, was bei diesem Stress ja wohl gar nicht ging.

Frau Meier erledigte ihre Morgentoilette und schnaufte noch vor dem Frühstück in den zweiten Stock. Sie öffnete die Kraus'sche Wohnungstür und sah sich um. Komisches Gefühl. Im Schlafzimmer und im Bad fand sie alles, was Frau Krause in der Klinik benötigte. Die Koffer vom jungen Krause standen noch immer im Treppenhaus vor ihrer Wohnung. Da könnte sie ja mal einen Blick reinwerfen und hoffen, dort etwas zu finden, was er zu seiner Beerdigung tragen könnte. Danach würde sie Georg bitten, das Gepäck am Abend für sie nach oben zu bringen.

Das Frühstück mit Kaffee, Saft und Toast, jawohl Sie lesen richtig, schmeckte ihr trotz all der dramatischen Ereignisse. Sie musste schließlich Kraft tanken für die Aufgaben, die man ihr, so ganz ohne zu fragen, aufgebürdet hatte.

Im Beerdigungsinstitut »Ruhe sanft« wartete man schon auf sie. Herr Uhlbein war ebenfalls von Frau Krause informiert worden.

»Wie schrecklich das alles ist, nicht wahr, Frau Meier?«

»Ja, außerordentlich schrecklich sogar. Also ganz fürchterlich tragisch.«

»Wie recht Sie haben, meine Liebe. Wie wäre es mit einem Tässchen Tee.«

»Also ehrlich. Ein Cognac wäre mir fast lieber, Herr Uhlbein, denn ich war gerade in der Klinik bei Frau Krause. Die Arme. Die Arme, sage ich Ihnen nur.«

Herr Uhlbein füllte zwei ordentliche Gläser mit der honiggelben Flüssigkeit und freute sich, mal nicht den Mitleidenden spielen zu müssen, sondern ebenso neutral wie Frau Meier sein zu dürfen.

»Zum Wohle, Herr Uhlbein! Auf gute Geschäfte. Ich soll hier das Gleiche bestellen wie für den alten Krause. Termin für die Beerdigung soll möglichst auch bleiben, und wenn es noch irgendwie geht, dann können wir auch die Traueranzeige für beide gemeinsam in die Zeitung setzen.«

»Ich werde alles zu Ihrer und Frau Krauses Zufriedenheit erledigen.«

»Na dann Prost!«

»Wohlsein!«

»Also schön, dann kann ich jetzt ja eigentlich wieder gehen. Hier ist noch der Anzug, Krawatte gab es keine, aber ich habe eine von meinem Mann dazu gepackt. Wird schon richtig sein.«

»Frau Meier, wissen Sie eigentlich, dass Sie ein Engel sind?«

Todesengel, dachte Frau Meier betroffen …

»Nein, warum?«

»So eine Nachbarschaftshilfe ist etwas ganz Besonderes, das habe ich in all den Jahren noch nicht erlebt. Sie sind großartig, einfach großartig. Erlauben Sie mir, dass ich Ihnen meine Bewunderung ausspreche und Sie heute Abend zum Essen einlade? Halb acht, ich hole Sie ab. Ich weiß ja jetzt, wo mein Wagen hin muss.«

»Sie holen mich doch wohl nicht mit dem Leichenwagen ab?«

»Aber nein, nein, nein. Ich habe erst vergangene Woche meinen neuen Mercedes SL abgeholt. Ein Auto, das zu Ihnen passen wird, meine Liebe.«

»Gut. Dann um halb acht bei mir. Hupen Sie einfach.«

»Küss die Hand, liebe gute Frau Meier.«

Als Frau Meier etwas irritiert die Granitstufen des Beerdigungsinstituts hinabstieg, wurde ihr klar, dass ihr erstes wirkliches Date mit einem Mann nach dem Tod von Hans ausgerechnet mit dessen Bestatter stattfinden würde. Na ja, brauchte ja niemand zu erfahren, und der Uhlbein war sicher nur froh, dass er so einen Reibach mit den Krauses gemacht hatte. Jedenfalls war sie verabredet, was sich gut traf, denn seit Marie und Georg in den letzten Tagen ihren Kühlschrank gestürmt hatten, war ohnehin nicht mehr viel Reizvolles darin zu finden.

17. SCHWARZ MACHT SCHLANK

Für den Abend wählte Frau Meier ein sackähnliches Hauszelt in Schwarz. Noch aus der Trauerphase. Aber Schwarz macht immerhin schlank. Ferner war ihr auch nicht ganz klar, was die Etikette denn verlangte, wenn eine Witwe mit dem Totengräber ausging. Totengräber, was war sie gemein. Immerhin war er Bestatter in fünfter Generation.

Draußen hupte es. Auf dem Nachhauseweg hatte sie ihre Schminkvorräte noch rasch in einer Drogerie aufgefüllt und ein reduziertes Parfum erworben. Immerhin wurde sie ausgeführt.

Sie lief die Treppen hinunter, so schnell es nun mal ging, und bekam einen kurzen Kick, als sie den Wagen von Herrn Uhlbein sah. Lieber Himmel, der Leichenwagen wäre aber bequemer gewesen. Hineinkommen schien ja noch im Bereich des Möglichen zu liegen, aber wie sollte sie wieder hinauskrabbeln? Während der Fahrt betete sie, dass sie es irgendwie schaffen würde, dem Gefährt wieder heil zu entsteigen, und dieses Mal erhörte der liebe Gott ihre Gebete.

Herr Uhlbein bewies Geschmack, denn er führte sie zu ihrem Lieblingsitaliener, ins »Rigatoni«, aus. Auf dem für sie reservierten Tisch standen herrlich duftende Rosen, gelbe Rosen, die, die sie am liebsten mochte.

»Herr Uhlbein, woher wissen Sie …? Gelbe Rosen, meine Lieblingsblumen!«

»Aus meinen Akten, wir hatten diese auch auf dem Trauergesteck zur Beerdigung Ihres geschätzten Gatten. Erlauben Sie mir, dass ich für uns den Wein und das Menü wähle?«

»Meinetwegen.«

Eigentlich war Frau Meier schon wieder ein wenig sauer. Wieso durfte sie nicht alleine wählen? Hatte er Angst, dass es zu teuer für ihn würde? War er am Ende geizig und gierig und womöglich gar hinter ihrer Rente her?

Doch weit gefehlt. Herr Uhlbein bestellte in dem schlechtesten Italienisch, das die Welt je gehört hatte, bei dem in Deutschland gebürtigen Restaurantbesitzer Massimo de Zampaolo die Speisekarte rauf und runter. Am Ende kam ein Sieben-Gänge-Menü dabei heraus, zu dem drei verschiedene Weine, ein Aperitif und auch ein Digestif gereicht wurden.

Im Laufe des Abends entpuppte sich Herr Uhlbein, später einfach nur noch Paul, als großartiger Gesprächspartner. Er redete und machte geschickte Pausen, in denen er auf eine Zustimmung oder einen Beitrag von Frau Meier wartete, die irgendwann auch eine etwas gelöstere Zunge bekam und schließlich den ihr zugedachten Part des Dialoges übernahm.

Da ich weiß, dass dieses Buch vorwiegend von Frauen gelesen wird, werde ich die Menüfolge Ihnen zuliebe nicht aufzählen. Nicht, dass Sie das Buch noch weglegen und den Kühlschrank plündern oder alle Diätpläne über den Haufen werfen. Eines sei gesagt. Eine Frau auf Diät möchte nicht ihren Bauch, sondern ihr Leben verändern! Halten Sie durch!

Für Frau Meier veränderte sich ganz genau in dem Moment etwas, als Paul, also Herr Uhlbein, sich leicht über den Tisch beugte und seine Hand auf die Ihre legte.

»Meine Liebe, versprechen Sie mir, dass dies nicht unser letzter gemeinsamer Abend gewesen sein wird?«

»Das verspreche ich, Paul.«

Die Rechnung betrug 369,60 Euro, und Paul Uhlbein ließ es auf glatt 400 aufgehen. Frau Meier war schwer beeindruckt. Natürlich. Aber sie konnte zu diesem Zeitpunkt ja auch noch nicht wissen, dass alleine die plüschige Sargbettwäsche für einen der Krauses schon bei über 589,99 Euro lag. Hans hätte die nicht gefallen, das wusste sie. Er hätte das für ziemlich schwul gehalten, aber eines stand jedenfalls fest. Mit dem Uhlbein könnte man getrost noch einmal ausgehen.

18. AUF HERZ UND NIEREN

Als Frau Meier nach Hause kam, blinkte der Anrufbeantworter. Vier neue Nachrichten.

Die erste kam von ihrer Tochter Gina, die nach ihrem Befinden fragte und sich wunderte, dass sie nun schon ganze drei Tage nicht telefoniert hatten. Der zweite kam von der Krause, die offenbar noch mehr Valium verabreicht bekommen hatte und derart lallte, dass Frau Meier nicht ein einziges Wort aus dem Buchstabenbrei entschlüsseln konnte.

Anruf drei war Marie. Sie heulte. Mimi, ihre haarende Perserkatze, war verschwunden, weil Horst, der Depp, die Tür offen gelassen hatte. Nun wurde Mimi in ganz Garmisch-Partenkirchen steckbrieflich gesucht und war angeblich zur Fahndung ausgeschrieben.

Der vierte kam von Georg:

»Du, Mächen, du, ich wollte noch mal Danke sagen für die schönen Abende. Ich bin ja so froh, du, dass ich wieder hier bin. Wenn du morgen Zeit hast, dann komm doch mal im Carlsturm vorbei, ich hab eine Überraschung für dich. Musst nicht anrufen vorher, komm einfach, du wirst staunen!«

Vier Anrufe in Abwesenheit. Das hatte es lange schon nicht mehr gegeben. Vielleicht mal am Geburtstag, aber sonst? Frau Meier machte sich fertig zum Schlafengehen. Sie kämmte sich sorgfältig die Haare, schminkte sich ab, legte sogar eine Feuchtigkeitscreme auf – speziell für die

Haut ab 50 – und fand sich heute Abend doch tatsächlich ganz ansehnlich, was ihr ihr sonstiger Feind Alibert leider zugestehen musste.

Sie schlief rasch ein. Dachte an Paul Uhlbeins erstaunlich zarte Hand, und weg war sie. Auch das Erwachen am darauffolgenden Morgen war keineswegs unangenehm. Die Amsel draußen zwitscherte munter vor sich hin, die Uhrzeit war einfach auszurechen, da es 9.18 Uhr und somit einfach nur neun Uhr war, und die Sonne schien.

Sogar aus dem Bett kam sie problemlos, im Bad lief alles flott, und ihr Magen knurrte weit weniger als sonst. Nun, das mag auch an dem üppigen Abendmahl gelegen haben, aber egal. Wenn man schon mal wenig Hunger hatte, dann musste man das auch auskosten.

Gegen Mittag machte sie sich zu Fuß auf den Weg zum Carlsturm. Wohl war ihr bei dem Gedanken nicht, womöglich dem angetrunkenen und allzeit lüsternen Wirt wieder in die Arme zu laufen, aber an Tagen wie diesem konnte einem eigentlich nichts etwas anhaben. Es war nämlich nicht nur so, dass sie gut aus dem Bett gekommen war und nichts gefrühstückt hatte, sondern sie hatte morgens auch noch ein weiteres Blinken auf ihrem Anrufbeantworter vorgefunden. Paul Uhlbein dankte ihr für den unvergesslichen Abend mit ihr. Schon lange hätte er sich nicht mehr so gut amüsiert und unterhalten. Und dann hoffe er noch auf eine Fortsetzung unserer Bekanntschaft. Wie nett.

Frau Meier betrat zuerst den Metzgerladen, wo Olga ihr schon herzlich winkte.

»Guten Morgen, Frau! Ist Georg da. Warten auf Sie. Heute große Überraschung gemacht. Bitte warten!«

In dem Moment betrat Gottlieb Carl die Bühne seines Fleisch- und Wurstwarenfachgeschäfts und schnäuzte sich erst einmal kräftig in den Hemdsärmel.

»Gutn Morchen. Na, scho lang nimmer gsehn. Der Georch kummt gleich. Musst a weng wartn, der braucht noch an Augenblick, die Olga hilft ihm noch schnell mit die Tella. Geh scho mol hoch, nein ersten Stock in die Wirtsstubn.« Dabei grinste er beinahe freundlich, und Frau Meier hatte fast das Gefühl, dass sie gar keine Fahne roch. Sie hatte ihre Nasenflügel mehrmals gebläht und geschnüffelt, aber nichts. Rein gar nichts. Irgendwie komisch.

»Ist gut, ich warte oben auf Georg. Schönen Tag wünsche ich Ihnen.«

»Des wünsch ich dir a, aba mir sehn uns noch. Es gibt nachher ah a weng was Fleischiges.«

Ein guter Zeitpunkt, auf dem Absatz kehrtzumachen.

Was Fleischiges, der hatte sie ja wohl nicht mehr alle. Ungehobelter Klotz.

Etwas mühevoll nahm sie die Stufen in den ersten Stock zur Gaststube. Als sie die Tür öffnete, traute sie ihren Augen nicht. Vor ihr stand Georg in Gummistiefeln, weißer Plastikschürze und Metzgerkluft. Daneben ein Tisch für vier Personen. Hübsch gedeckt mit Brezeln, vermutlich von Olga von der Wolga, und auf dem Tisch dampfte ein Topf mit Sauerkraut.

»Du, schau mal, ich kann Wurst machen!«, jubelte Georg und zog die Platte, die er die ganze Zeit hinter seinem Rücken versteckt hatte, hervor. Er grinste wie ein Honigkuchenpferd, so stolz war er.

Auf der Servierplatte tummelten sich Blut- und Leberwürste, und in diesem Moment trat auch noch Olga in den Schankraum und brachte eine dampfende Schüssel mit Schweinsohren, Haxen, Lunge, Leber, Herz und Nieren.

»A Bier gibs a dazu«, kam es von hinten, »und dan Lodn hob ich a zugschberrt, damit ma in Ruh essn könna.«

»Ich bitte zu Tisch!«, strahlte Georg und war stolz ohne Ende.

Frau Meier war sich nicht so sicher, ob das nun wirklich eine tolle Überraschung war, aber als sie zwischen Olga und Georg saß und er ihr erklärte, dass es schon immer mal sein Traum gewesen war, Wurst herzustellen, und letztendlich einfach auch durch den absolut ausgezeichneten Geschmack, ließ sie sich überzeugen, dass das hier eine Bombenüberraschung war. Georg hatte in dieser Beziehung Glück, denn nicht jedes Frauenherz schlägt höher, wenn man als Beweis inniger Zuneigung Herz, Nieren und Schweineohren kredenzt. Aber Frau Meier mochte die gute, bodenständige und rustikale Küche Frankens. Unkompliziert und ehrlich.

Selbst der schielende Metzgerwirt war bei näherer Betrachtung eigentlich doch ganz nett. Vorausgesetzt, er war halbwegs nüchtern, was als Bezeichnung bis etwa nach der siebten Halben gut durchgehen konnte.

Nach dem Essen gab es noch ein Schnäpsla, und Frau Meier machte sich schleunigst auf den Weg, da Sauerkraut in der Regel eine eher durchschlagende und äußerst motivierende Wirkung auf ihr Magen-Darm-System hatte.

Georg wollte sie noch nach Hause begleiten, aber sie lehnte dankend ab.

»Wir sehen uns die Tage wieder, Georg, ruf einfach an, und danke für das köstliche Essen! Das hast du gut gemacht.«

»Machs gut, Mädchen, du! Du bist echt in Ordnung!«

Das hatte Frau Meier auch schon lange niemand mehr gesagt. Sie war also in Ordnung. So was auch. Wer hätte das geahnt, wo sie das doch selbst nicht mal fand.

19. KATZENJAMMER

Drei Stunden später rief Frau Meier erneut die 112. Sie war fix und alle. Kaum war sie nämlich zu Hause gewesen, ging es los. Ein Stechen in der rechten Seite und Krämpfe, als wollte sie eine Leberwurst und zwei Schweineohren gebären. Natürlich tat sie ihren internistischen Zustand zunächst als heftige Blähungen ab, sie war schließlich kein Klageweib, aber irgendwann, spätestens nach der dritten Windpille, war der Punkt erreicht, an dem es nicht mehr ging. Gallenkolik, tippte sie und traf damit im Nachhinein direkt ins Schwarze.

Es kam der gleiche Notarzt wie einige Tage zuvor bei dem plötzlichen Abgang von Krause junior. Und, wie sich später herausstellte, auch noch einen Tag davor, als der alte Krause so unerwartet gekommen und gegangen war.

»Also, vielleicht sollte ich nicht oben im Klinikum, sondern einfach hier bei Ihnen im Wohnzimmer auf die Notfälle warten, da würden wir uns alle eine Menge Zeit ersparen! Was ist denn los bei Ihnen? Die Zentrale meldete, Sie hätten Krämpfe. Haben Sie fremdländisch gegessen? Leiden Sie auch an Erbrechen und Übelkeit? Haben Sie vielleicht Softeis gegessen? Salmonellen eingefangen? E. Coli?«

Frau Meier krümmte sich auf dem Sofa und hasste den jungen Fachidioten. Kalter Schweiß brach bedingungslos aus ihren Poren, und sie war in Sekundenschnelle klatschnass.

Mit letzter Kraft deutete sie auf die rechte Seite, und der Arzt fühlte an genau dieser Stelle nach. Eine harte Gallenblase ist extrem schwer zu ertasten, wenn man sie wegen so viel Körpermasse erst gar nicht finden kann.

»Mitnehmen, Gallenkolik. Ich lege die Infusion, Sie bekommen nun ein Schmerzmittel, und wir machen in der Klinik sofort einen Ultraschall. Wenn Sie Pech haben, dann liegen Sie heute noch unterm Messer.«

Die Sanitäter, die mit ihrer Trage äußerst gespannt im Hintergrund lauerten, was der Arzt denn nun vorhatte, schüttelten den Kopf.

»Nee, also das kriegen wir hier die Treppe nicht runter. Das geht nicht. Die Frau muss laufen.«

Also wurde Frau Meier links und rechts gestützt, und ohne dass sie es selbst wirklich mitbekommen hätte, die Treppe hinunterbefördert. Wieder fuhr der Krankenwagen mit Blaulicht und Martinshorn vor der Bergstraße 88 ab, und wieder lugten hinter den Gardinen die Nachbarn, die mitleidig den Kopf schüttelten.

Frau Meier opferte am kommenden Tag ihre Gallenblase einem guten Zweck. Sie war »steinreich«, wie ihr der Oberarzt versicherte, aber man hatte alles noch ganz gut mit einem Minimaleingriff wieder auf die Reihe bekommen. Welch ein Glück, dass sie umgehend den Notarzt verständigt hatte. In drei Tagen könne sie wieder nach Hause gehen, und nun solle sie sich erst einmal ein wenig Schonung gönnen und sich von den Winden nicht irritieren lassen, man hätte ihr schließlich den Bauch mit Luft füllen müssen, um den minimalinvasiven Eingriff vornehmen zu können.

Das mit der Irritation war so eine Sache. Sie selbst wusste ja, dass das so schon alles seine Richtigkeit hatte, aber die Besucher der türkischen Dame im Nachbarbett, die ihr Beduinenzelt offenbar auf Station 54, Zimmer 27, direkt neben Bett 2 aufschlagen wollten, wohl eher nicht. Die türkische Dame musste eine streng zu bewachende Prinzessin sein, denn von morgens um sieben bis abends war sie von Heerscharen des muslimischen Clans umringt, die ihr abwechselnd Tee, türkischen Honig und knoblauchgeschwängerte Köstlichkeiten reichten. Natürlich bot man auch Frau Meier diese Gaumenfreuden an, aber die durfte ja heute bedauerlicherweise tagsüber noch gar nichts essen. Das große Schild »Ich bleibe nüchtern« über ihrem Bett schien die Besucher diesbezüglich jedoch nicht im Geringsten zu beeindrucken. Vermutlich verstanden sie es nicht. Aber vielleicht waren sie ja auch nur der Meinung, Frau Meier habe ein Alkoholproblem.

Wenn auch kein Alkoholproblem, aber ein Problem hatte Frau Meier in jedem Falle. Wohin mit der Luft im Bauch? Und das auch noch möglichst geräuscharm und geruchsneutral. Einer jener Momente im Leben, bei dem Wunsch und Realität einfach nicht miteinander kompatibel sind.

Nun lag sie in ihrem Flügelhemdchen, das am Po offen war, da und musste dringend ins Bad. Aber wie aufstehen, wenn einem halb Istanbul auf den nackten Hintern starrt? Also, da musste sich etwas ändern. Sie brauchte ein Nachthemd, einen Morgenmantel und eine Schwester, die ihr von hinten Deckung gab, wenn sie nun – wirklich sehr, sehr dringend – ins Bad musste.

Sie drückte den roten Klingelknopf, und ein Zivi kam. »Wie kann ich denn helfen?«, fragte er fröhlich und strahlte sie bis über beide Ohren an.

»Also, ich muss dringend, verstehen Sie, sehr dringend ins Bad. Aber ich kann so nicht gehen, mein Flügelhemd, wenn Sie verstehen ...«

»Haben Sie denn kein eigenes Nachthemd dabei? Sagen Sie mir, wo es ist, und ich helfe Ihnen beim Anziehen.«

»Verdammt, ich bin mit dem Krankenwagen gekommen. Da war keine Zeit, und ich habe auch niemanden, der mir etwas bringen kann. Können Sie die nicht eine Weile aus dem Zimmer scheuchen? Oder mir einen anderen Schutz für hintenherum geben?«

Der junge Mann strich sich das Kinn und überlegte krampfhaft. Er stürmte aus dem Zimmer und kam Sekunden später triumphierend wieder herein. Ein zweites Flügelhemd klemmte unter seinem Arm.

»So, das ziehen wir jetzt einfach verkehrt herum an und dann sind Sie vorne und hinten prima angezogen. Ich helfe Ihnen beim Toilettengang.«

Ach du Scheiße, dachte Frau Meier, aber einen Aufstand wollte sie auch nicht verursachen. Also ließ sie sich helfen, das Hemdchen anzuziehen, und schob dezent die Decke ein wenig zur Seite. Ihr Blick fiel auf die weißen Thrombosestrümpfe und das freiliegende Stück Oberschenkel, das neckische Rollen über den Strümpfen aufwarf. Ihr war einfach zum Heulen. Mithilfe des Zivis und unter den Augen der türkischen Großfamilie krabbelte sie aus dem Bett und ins Bad. Oh, wie peinlich das doch alles war. Und bei den dünnen Wänden zur Nasszelle war es eh schon egal, ob sie ihren Bauch inner- oder außerhalb dieser vier Wände entlüften würde.

Der Zivi wartete brav vor der Tür und half ihr zurück ins Bett. Was war das aber auch anstrengend. Sie fragte, wo man ihre Sachen untergebracht hätte, und der junge Kerl in Weiß deutete auf das Nachtkästchen. Gott sei Dank, da waren wenigstens ihre Handtasche und das Handy. Sofort rief sie Marie an. Die Mailbox:

»Hallihallo, bin gar nicht da, sag' nach dem Piep, ob's wichtig war.«

»Marie, ich bin im Klinikum! Bitte komm her. Ich brauche ein paar Nachthemden und Wäsche und eine Zahnbürste. Kannst du das irgendwie machen? Bitte, es ist so schlimm in dem Flügelhemd. Es ging alles so schnell, bitte ruf sofort zurück, wenn du das abhörst.«

Natürlich rief Marie nicht an. Sie tat ja nie das, was man von ihr erwartete, aber vier bittere Stunden später stand sie in Frau Meiers Krankenzimmer, Station 54, Zimmer 27, Bett 2.

In ihrem Plastikbeutel trug sie Schätze wie Seife, Waschlappen, Pantoffeln, Nachthemden und Hans' alten Morgenmantel. In diesem Moment hätte Frau Meier ihre Schwester glatt küssen können, wäre da nicht etwas, was sie an ihr vollkommen irritierte. Marie trug Schwarz. Schwarzer Rolli, schwarze Hose, schwarze Schuhe, schwarze Tasche.

Also entschloss sich Frau Meier nicht für jubelnde Freudenschreie, sondern für ein zerknirschtes Gesicht und die vorsichtige Frage: »Es wird doch wohl hoffentlich nichts passiert sein?«

Marie weinte los. Und schnäuzte sich derart laut in ein zerfleddertes Tempotaschentuch, dass man meinen konnte, Benjamin Blümchen sei seiner Hörspielkassette entflohen und nun höchstpersönlich zugegen.

»Mimi … Mimi ist tot. Heute früh – überfahren vor meiner Haustür. Nur noch Matsch und Knochen. Katzengulasch.«

Oh, was konnte Marie heulen! Halb Istanbul unterbrach das hitzige Geschnattere, eilte ohne langes Zögern nun umgehend mit betroffener Miene zu der schluchzenden Frau in Schwarz und schüttelte ihr die Hand. Man reichte ihr süße pappige Köstlichkeiten, und eine besonders runde Frau verfiel in ein derartiges Wehklagen, dass man meinen konnte, Maries gesamte Familie sei Opfer eines Flugzeugabsturzes geworden. Verschollen über dem Bermudadreieck und die Blackbox nicht mehr auffindbar.

Nachdem Marie sich die Kalorieneinheiten für etwa drei Tage binnen drei Minuten in den Mund gestopft hatte, wurde sie ruhiger, und halb Istanbul pilgerte wieder auf die andere Seite des Bosporus.

»Du und deine Katze«, schimpfte Frau Meier, »findest du nicht, dass du mit diesem Outfit ein wenig übertreibst? Hör mal, hier ist auch ganz schön was passiert. Jetzt ist auch noch der junge Krause tot. Fast auf meinem Sofa gestorben. Und die alte Krause liegt hier in der Klinik. In der geschlossenen psychiatrischen Abteilung, weil sie einen Nervenzusammenbruch bekommen hat. Die ist total high, so haben die Ärzte sie unter Valium oder was auch immer gesetzt.«

Marie fühlte sich sofort gnadenlos unverstanden. »Lass mich doch!«, antwortete sie ein wenig beleidigt, aber definitiv schwer gekränkt. Natürlich war das mit dem jungen Krause schlimm, aber der bekam ja wenigstens ein Grab! Direkt bei seinem Vater durfte er liegen. Ihre Mimi hingegen …

Die Tür wurde geöffnet, und der Oberarzt trat mit einem Schwarm von mindestens zehn vorwiegend jungen und männlichen Ärzten ins Zimmer.

»So, alle Besucher können sich jetzt mal rasch verabschieden, es ist ohnehin gleich Abend und die Besuchszeit zu Ende.« Marie bedeutete ihrer Schwester per Handzeichen, dass sie draußen warten würde, aber immerhin, die türkische Delegation zog für diesen Tag komplett und unter viel Tamtam ab.

Die Abendvisite startete bei Frau Meier, und der Oberarzt war überhaupt nicht zufrieden damit, dass der Bauch noch immer derart mit Luft gefüllt war. Er deckte Frau Meier gnadenlos auf und zog ihr das Flügelhemdchen zur Seite. Mit Schmackes drückte er gegen den aufgeblähten Bauch, und danach durften auch noch vier andere Ärzte mal fühlen und richtig feste drücken.

»Nicht gut. Sie bekommen jetzt ein Mittel, damit das mit der Flatulenz ein wenig besser klappt. Schwester!«

»Ja, Herr Oberarzt, ich weiß Bescheid«, nickte sie und notierte die Anweisung im Krankenblatt.

»Also«, begann Frau Meier, und das mit einem deutlich hysterischen und zänkischen Unterton, »wenn ich dazu auch einmal etwas sagen darf. Wie soll man denn hier Luft ablassen, wenn den ganzen Tag über mindestens fünf Besucher meiner Nachbarin hier sind. In Spitzenzeiten habe ich sogar zwölf gezählt. Also, das geht doch nicht!«, empörte sie sich. »Und das Geschnatter ist schlimmer als auf jeder Viehauktion!«

»Wissen Sie«, antwortete der Oberarzt gelassen, »wir hätten Sie auch auf den Gang schieben können. Vors Fenster. Aber ich glaube, da hätten Sie sich auch nicht wohler gefühlt. Winde sind etwas Natürliches, also blasen Sie sich hier mal nicht so auf.«

Die jungen Ärzte in der Gruppe grinsten verschämt und betrachteten angestrengt ihre eigenen Füße oder das Muster auf dem pflegeleichten PVC-Boden, während Frau Meier überlegte, ob Mund halten in diesem Falle nicht vielleicht doch besser wäre, als diesem Kerl hier mal ordentlich die Meinung zu sagen.

»Ach ja«, fiel dem Oberarzt noch ein, »ich habe hier noch Ihre Gallensteine. Die können Sie sich zu Hause hübsch in die Vitrine legen. Es sind im Übrigen durchwegs Cholesterin- also Fettsteine. Achten Sie mal etwas auf Ihre Ernährung. Zum Abendessen und ab morgen habe ich für Sie bereits 800 Kalorien pro Tag angewiesen! In diesem Sinne, schönen Abend!«

Die türkische Prinzessin wurde netter behandelt. Klar, die war ja auch jung und schlank, und ihre Familie hatte bereits einen großen Korb Verpflegung im Schwesternzimmer abgegeben. Frau Meier kochte innerlich, und wenn sie diese verdammte Gallenblase noch gehabt hätte, dann hätte sie ohne großartige Umschweife auch Gift und Galle gespien!

Fünf Minuten später war Marie wieder da.

»Also, was soll ich alles für dich erledigen? Ich kann vier Tage bleiben, dann muss ich wieder zu Hause sein, weil Horst seinen Abschied von der Firma feiert.«

»Ach, Marie, danke!«, stöhnte sie. »Ich will ja nicht unverschämt sein, aber wir haben kurz vor Ostern, und Hans' Grab ist bis auf die Stiefmütterchen vom Valentinstag noch mit Tannenzweigen vom Winter abgedeckt. Es müsste dringend bepflanzt werden. Die Blumen sind schon bestellt, musst sie nur noch in der Gärtnerei am Friedhof abholen und einpflanzen. Würdest du das für mich tun? Kannst ja auch Georg im Carlsturm anrufen und bitten, dass er dir hilft.«

»Kommt Gina dich denn gar nicht besuchen und macht das Grab dann gleich mit?«

»Nein, sie hat eine Mutter-Kind-Kur bewilligt bekommen und fährt nach Usedom mit den Kindern. Ich will auch nicht, dass sie erfährt, dass ich hier liege. Auf gar keinen Fall.«

»Wieso das denn nicht?«

»Sie soll fahren und sich nicht für alles zuständig fühlen. Sie hat ihre eigenen Sorgen«, sagte sie verständnisvoll und legte ein gütiges Mienenspiel an den Tag.

In Wahrheit dachte sie jedoch: Weil es hinterher so viel schöner ist, ihr reinzudrücken, dass sie sich nicht um mich gekümmert hat und nicht mal bemerkte, dass ich todkrank, operiert und in der Klinik war.

»Du bist wirklich tapfer, Schwesterchen, weißt du das?«

»Ja, Marie, das bin ich wirklich.«

20. GÄRTNERN MIT TUPPER

Das mit der Grabbepflanzung traf sich für Marie eigentlich ganz prima. Sie hatte nämlich eine Aufgabe zu meistern. Um diese aber auf ganz wundersame Weise zur Zufriedenheit aller zu lösen, konnte sie so jemanden wie Georg ganz gewiss nicht brauchen.

So fuhr sie am nächsten Morgen direkt zur Friedhofsgärtnerei und holte die bestellten Stiefmütterchen und Tulpen ab. Ihrem Wagen entnahm sie eine Unterlage für ihre Knie, eine kleine Schaufel, einen winzigen Rechen, Gartenhandschuhe und eine große pinkfarbene Tupperschüssel mit Deckel. All das packte sie in einen der kleinen Schubkarren, die am Friedhofstor für einen Euro ausgeliehen werden konnten, und schob in Richtung Hans' letzter Ruhestätte. Vierte Reihe, direkt unterm Bäumchen.

Also, eines musste man sagen, das Grab hatte schon mal besser ausgesehen. Ringsherum blühte es überall, aber bei Hans flötete immer noch der kitschige Weihnachtsengel auf braun gewordenen Kiefernzweigen. Sie stöhnte und entleerte den Schubkarren. Dann breitete sie das Kniepolster aus und begann, alle alten dürren Zweige von der Grabstätte zu sammeln und in den Schubkarren zu werfen. Wie gut, dass das Wetter hielt. Jetzt auch noch Regen wäre ja total bescheuert, dachte Marie.

Nun lag die dunkle Erde vor ihr, die von zwei länglichen schmalen Grabplatten gesäumt wurde. Sie zählte die

Pflanzen ab und dachte sich ein nettes Arrangement aus. Jawohl, genau so würde sie es machen.

Schließlich sah sie sich kurz nach rechts und links um, rieb ihren Rücken und begann in nahezu wühlmausschnellem Tempo, ein gewaltiges Loch zwischen die beiden Grabplatten zu buddeln. Das ging gut und flott von der Hand, denn die Erde war genau richtig an diesem Tag. Feucht, aber nicht zu schwer. Ein wunderbares Arbeiten, wie bestellt.

Das Loch war so gewaltig geworden, dass sie ohne Mühe ein halbes Schwein oder zehn Paar Schuhe darin hätte vergraben können, aber das tat sie natürlich nicht.

Wieder sah sie sich kurz um, stöhnte ein bisschen und griff beherzt zu der Tupperschüssel aus der Serie »Pretty in Pink«. Sie legte sie behutsam in die Grube. Zuvor strich sie noch einmal sachte über den Deckel und sagte leise: »Ach ja.«

Doch der Moment der Andacht währte nicht lange. So viel Zeit hatte sie ja nun auch wieder nicht. So schnell sie konnte, versenkte sie die Schüssel in der Grube, warf etwas Erde darüber und begann schließlich, das von ihr erdachte Muster mit violetten und weißen Stiefmütterchen zu gestalten. Zwischendrin setzte sie die roten Tulpen gekonnt in Szene. Nun noch die Erde fest anklopfen. Geschafft.

Sie hievte sich hoch und strich sich mit dem Ärmel eine Haarsträhne aus dem Gesicht. Das hatte sie ja mal wirklich gut hinbekommen, und ihr Problem war sie auch los.

»Das sieht ja wunderhübsch aus«, bemerkte eine ältere Dame freundlich, die mit einer Gießkanne an Marie vorbei zu einem Grab zwei Reihen weiter unterwegs war.

»Ja«, lachte Marie, »ist wirklich hübsch geworden.«

Gießen war eine gute Idee, hätte sie ja fast vergessen. Sie holte Wasser und begoss die Frühlingspracht, wobei sie noch ein eher einseitiges Schwätzchen mit ihrem verstorbenen Schwager hielt und ihm erzählte, dass seine Frau nun im Klinikum weilte, und er sich aber bloß keine Sorgen machen bräuchte. Er wäre ja jetzt auch nicht mehr wirklich alleine, und sie, Marie, würde in den nächsten Tagen immer mal wieder vorbeischauen und die Stiefmütterchen gießen.

Nachdem sie fix und fertig war und auch alles alte Gezweig im vorgesehenen Komposteck verstaut hatte, fuhr sie noch schnell bei ihrer Schwester auf einen Kurzbesuch in der Klinik vorbei und danach direkt in Frau Meiers Wohnung und gönnte sich ein Gläschen Sekt aus deren Kühlschrank. Dazu noch ein paar Käsehäppchen, ein halbes Glas Rollmöpse, eine vertrocknete Scheibe Toast und als Dessert einen Becher Mövenpickjoghurt Geschmacksrichtung Heidelbeere mit satten 3,8 Prozent Fett. So etwas würde man in ihrem eigenen Kühlschrank vergeblich suchen. Alles über 0,1 Prozent wurde radikal gemieden und verbannt.

Sie hatte es sich gerade so hübsch gemütlich gemacht auf der beigen Wohnlandschaft, da schellte Frau Meiers Festnetz.

»Bei Meier, Scharrenberger am Apparat.«

»Die Marie, na, schau einer an, auch wieder im Lande, hier ist der Georg. Wo ist denn deine Schwester, kann ich die auch mal eben sprechen?«

»Mensch, Georg, stell dir vor, sie musste via Notarzt hoch ins Klinikum. Sie ist schon operiert. Gallenblase. Kolik oder so was. Verstehst?«

»Echt, du, also, das tut mir aber leid. Wie konnte das denn passieren? Kann man sie besuchen? Auf welcher Station liegt sie denn?«

»Station 54. Aber sie kommt schon bald wieder raus. Mach dir keine Sorgen, wird schon alles wieder.«

»Na, wenn du das sagst, du.«

»Ja klar. Die ist ja zäh wie eine alte Kuhhaut, das packt sie schon.«

»Gut, dann werde ich sie morgen mal besuchen. Ob sie schon Leberkässemmeln essen kann?«

»Das lass mal lieber. Vielleicht kommt da ein Blümchen besser. In der Friedhofsgärtnerei haben sie im Moment eine Sonderaktion, 15 Prozent auf Schnittblumen. Da findest du bestimmt was.«

»Danke, du, dann mach's mal gut. Bis die Tage.«

»Bis die Tage!«

21. DIE LUFT IST RAUS

Bei der Entlassung aus dem Klinikum zeigte sich der Oberarzt etwas versöhnlicher und war sehr zufrieden mit dem Resultat seiner OP und dem anschließenden Entlüftungsverlauf.

Er gab Frau Meier mit, künftig auf Kalorien, Fettgehalt und ausreichend Bewegung zu achten, und gratulierte ihr dazu, 2,5 Kilo abgenommen zu haben. Das wäre doch schon mal ein Anfang, darauf könnte man aufbauen. Die Schäuferla und die Klöß' sollte sie deshalb besser erst einmal andere essen lassen.

Marie fuhr ihre Schwester nach Hause und hatte zuvor rasch noch ein wenig Ordnung in die Bude gebracht und den Kühlschrank randvoll mit Lightprodukten gefüllt.

Anschließend machte sie sich auf den Weg nach Garmisch-Partenkirchen, wo heute die großartige Verabschiedung ihres Mannes in den Ruhestand gefeiert werden sollte. Er hatte die letzten 35 Jahre in einem Betrieb für Bad- und Sanitäranlagen gearbeitet und durfte nun seinen Lebensabend schon ab 60 genießen, da es mit seinen Bandscheiben einfach nicht zum Besten stand.

Marie graute ein wenig vor der vielen Zeit, die sie nun mit ihrem Mann verbringen musste, aber insgeheim plante sie schon einmal etwas mehr Zeit in Bamberg bei ihrer Schwester ein und akquirierte fleißig neue Termine für ihre Dessous-Partys.

Frau Meier selbst standen 14 äußerst ruhige und erholsame Tage bevor. Alles regelte sich wie von selbst oder durch Geisterhand. Jeden zweiten Tag kamen per Boten frische Blumen von dem besorgten Herrn Uhlbein, der sie ach so schmerzlich auf der Beerdigung der beiden Krauses vermisst hatte, und täglich, pünktlich um 12.30 Uhr, standen entweder Georg oder Olga vor der Tür und brachten ihr ein leicht bekömmliches Mahl mit einem Brennwertgehalt von unter 500 Kilokalorien. So hätte sie es aushalten können.

Ihre Tochter, die noch immer in Usedom weilte, schickte nette Postkarten von Leuchttürmen und Strandkörben, auf denen sie berichtete, dass ihr die Ayurvedabehandlungen besonders gut täten. Den Kindern ging es auch schon wieder prima, denn die in der Kurklinik aufgesammelten Kopfläuse und auch die Windpocken hätten sie nun endlich los.

Sie selbst, also Frau Meier, hatte auch einiges los. Nämlich insgesamt fünf Kilogramm Körpermasse. Nicht, dass man ihr das bereits angesehen hätte, aber sie selbst konnte merken, dass Knöpfe und Reißverschlüsse wesentlich gefügiger geworden waren und nicht ständig unter Hochspannung litten.

Als dann auch noch ein Anruf von Marie kam, die sie für eine Woche zu sich in die Berge einlud, damit sie sich mal so richtig entspannen könne, sagte sie spontan zu und freute sich sogar darauf. Normalerweise hasste sie die Besuche bei Marie. Dort hatten die Tage keinerlei Struktur. Marie fuhr wie ein aufgezogenes Spielzeugauto von A nach B, um dann festzustellen, dass sie auch noch

C und D vergessen hatte. Und dann diese ewigen Kabbeleien zwischen ihr und dem langen Horst. Sie fühlte sich dabei stets unwohl, und in dem Reihenhäuschen gab es auffallend wenige Möglichkeiten, sich dezent ins Abseits zu stellen und die Ohren zuzuklappen. Ferner waren ihr die hygienischen Bedingungen in Maries Haus äußerst suspekt. Mehrmals hatte sie im Bad schon Pilzsalben gefunden, und in die Ecken durfte man ohnehin nicht so genau schauen. Selbstverständlich vergaß Frau Meier in ihrer scharfen und deutlichen Beurteilung des Hygienestatus im Hause Scharrenberger den in ihrer eigenen Wohnung. Neutrale Beobachter würden diesbezüglich vermutlich zu – für Frau Meier – extrem überraschenden Ergebnissen kommen.

Doch dieses Mal, so schwor sie sich, würde es anders. Sie würde sich mit Büchern eindecken, das war seit dem Krankenhaus ihr neues Hobby, und würde lesen. Ferner nahm sie sich vor, täglich eine halbe Stunde spazieren zu gehen und drei der Gymnastikübungen anzuwenden, die sie in »Bild der Frau« unter der Rubrik »Turnen ohne Murren« gefunden hatte.

Abends würde sie mit Paul Uhlbein oder Georg telefonieren, und da sie ohnehin wenig essen wollte, konnte sie auch mit den Bedingungen in Maries Küche und deren Kühlschrank locker mithalten. Durchaus positive Aussichten also.

Während Frau Meier ihre Kleider zusammensuchte und den Koffer mit diesem und jenem füllte, klingelte das Telefon.

»Meier, ja bitte?«

»Meine Liebe, hier ist Paul, Paul Uhlbein.«

»Grüße Sie, Paul.«

»Sagen Sie, würde es Ihnen etwas ausmachen, wenn ich mir erlauben würde, Sie persönlich zu Ihrer Schwester in die Berge zu fahren? Ich habe in den nächsten Tagen keine Beerdigung vorzubereiten, und meine Angestellten können auch selbstständig neue Kunden annehmen und für die Beerdigung vorbereiten.«

»Paul! Sie wollen aber nicht die ganze Zeit mit uns dort verbringen, oder?«

»Aber nein, ich werde Sie morgens hinfahren, mich über Nacht in einem Gasthaus einmieten, und am nächsten Tag fahre ich zurück, nachdem ich mich von Ihnen verabschiedet habe. Ist das ein Vorschlag?«

»Ein sehr guter sogar, lieber Paul, dann spare ich mir sechs Stunden mit dem Zug und zweimal umsteigen. Besten Dank, wie kann ich das nur gut machen?«

»Indem Sie mit mir ins Konzert gehen, wenn Sie wieder hier sind.«

»Dann haben wir jetzt eine Abmachung«, kicherte Frau Meier und freute sich darüber, dass plötzlich alles so leicht zu sein schien.

»Also, bis morgen, ich denke an Sie, meine Liebe.«

»Bis morgen!«

Frau Meier musste sich nun erst einmal einen Moment hinsetzen. Welch eine Wende ihr Leben in den letzten Wochen genommen hatte! Sie hatte den beiden toten Krauses eine Menge zu verdanken, aber unterm Strich ist im Leben ja ohnehin klar, dass nichts läuft, ohne das eine oder andere Opfer zu bringen. Da war eben jeder mal dran.

22. BLOSS KEINE KOHLENHYDRATE

Frau Meiers Reise klappte ganz wunderbar und der kluge Herr Uhlbein hatte für die Zwecke seiner Taxidienste auch einen recht neutralen Firmenwagen ausgewählt, bei dem sie keinerlei Probleme mit dem Ein- und Aussteigen hatte. Ihr üppiges Gepäck passte hervorragend in den großzügigen Kofferraum.

Bei Marie angekommen, duftete es bereits nach frisch gebrühtem Kaffee und Kuchen. Mit Halbfettmargarine gebacken, wie Marie betonte.

Die Begleitung Frau Meiers durch den Leichenbestatter Paul Uhlbein bereitete Horst sichtlich Kopfzerbrechen. Geschickt vermied er es, ihm in die Augen zu sehen oder ihm gar die Hand zu schütteln, dabei waren dessen Hände so schön zart und gepflegt, wie auch Marie sofort aufgefallen war.

Als Paul sich verabschiedet hatte, weil die Arbeit ihn nun doch davon abhielt, eine Nacht im Gasthof zu verbringen, machte Horst sich umgehend auf den Weg in seinen Garten, der mittlerweile einer Großbaustelle glich. Zum Firmenabschied hatte man bei der Belegschaft für ihn gesammelt und ihm einen OBI-Gutschein im Wert von 1.650,– Euro überreicht. Marie meinte, den hätte er schon fast vollständig ausgeschöpft, aber sie sei froh, dass er im Garten eine Aufgabe gefunden habe, die ihm Spaß bereitete.

»Buddelt der die ganze Zeit?«, fragte Frau Meier ungläubig.

»Nein, manchmal ist er auch im Baumarkt.«

»Und was macht er da?«

»Beschäftigungstherapie, glaube ich. Ihm fehlt immer irgendeine 16er-Schraube oder Schneckenkorn oder Rindenmulch. Frag mich lieber nicht, das ist sein Ruhestand, nicht meiner. Ich würde ja lieber eine Kreuzfahrt machen und mir einen jungen flotten Matrosen angeln.«

»Marie, glaubst du im Ernst, dass man in unserem Alter noch junge flotte Männer angeln kann?«

»Klar. Schau, wir haben wirklich alles, was junge Frauen nicht haben. Geld, Erfahrung, eine gute Rentenvorsorge, teure Wäsche und wir klammern nicht. Außerdem können wir sie nicht mehr versehentlich zum Vater machen und anschließend unerhörte Unterhaltsforderungen für den Balg stellen. Im Prinzip können sie uns sogar dankbar dafür sein, dass wir uns überhaupt mit ihren jungen muskulösen Körpern beschäftigen und ihnen das eine oder andere Neue beibringen. Außerdem ist es wichtig, dass sie lernen, dass alles, was mal jung und schön war, irgendwann so enden wird. Sie bekommen also das, was ihnen sowieso in ein paar Jahren blüht. Praktisch das Dessert anstatt des Amuse-Gueule.«

»Marie!«

»Ach, jetzt komm' schon, sei mal nicht so spießig!«

Das Gespräch musste leider ein abruptes Ende nehmen, als Horst in die Küche kam und sich mit schmutzigen Fingern an den Tisch setzte. Ihm fehlte der 13er-Achtkant, und somit musste er noch einmal in den Baumarkt.

»Ist gut, mein Schatz«, flötete Marie, »aber Horst, ich habe da noch eine Frage ganz anderer Art. Warum hast du denn dem Paul die Hand nicht gegeben? Ich fand, das war total unhöflich. Du weißt doch, dass sich das nicht gehört.«

»Marie. Ich sage es nicht gerne und auch nicht in Anwesenheit deiner Schwester, aber ich kann dem Mann die Hand nicht geben. Stell dir mal vor, der wäscht Leichen und schminkt sie und frisiert sie. Damit verdient der sein Geld. Das ist sein täglich Brot. Der Tod. Mir ist der Typ unheimlich. Bei aller Liebe, ich hätte nie gedacht, dass ausgerechnet du«, er deutete mit spitzen Fingern auf Frau Meier, »dass du dich mit so jemandem abgibst. Allein die Vorstellung, dass der jemanden anfasst. Eine Frau zum Beispiel …! Ich brauche jetzt erst einmal einen Schnaps. Mich hebt's dabei glatt.«

Er kippte sich einen Himbeergeist in ein Stamperl und schüttete das Schnapserl in einem Zug in seine Kehle.

»Jetzt ist mir wohler! In zwei Stunden bin ich wieder da. Ihr wartet mit dem Essen?«

»Wir essen nichts. Wir nehmen ab. Dinner-Cancelling!«

So heftig wollte Frau Meier ja nun auch wieder nicht abnehmen. Kein Abendessen. Na schön, Marie meinte es ja nur gut. Leider hatten Horsts barsche Worte schon eine gewisse Wirkung auf Frau Meier, denn irgendwie hatte er ja sogar recht. Leichen waren das, womit Paul Geld machte, und offenbar nicht wenig davon. Er profitierte vom Leid anderer, auch von ihrem, als Hans gestorben war, und nun versuchte er, es wieder gutzumachen, indem er ihr schöne Augen machte. Und ja, wenn sie sich vorstellte, er würde sie eines Tages berühren, also, an etwas intimeren Stellen, dann wüsste sie nicht wirklich, wen oder was er vorher in Händen gehabt hätte. Schnell verdrängte sie den Gedanken, denn sie hatte sich ohnehin vorgenommen, dass nach

Hans nichts und niemand mehr in ihr Bett käme. Kein Schoßhund, kein Katzenvieh und selbstverständlich erst recht kein Mann!

Die Tage vergingen wie im Flug. Es war ein gelungener kleiner Kurzurlaub, und die Schwestern vertrugen sich, entgegen jeder Regel, ausgesprochen gut. Zum Frühstück rührten sie sich gemeinsam einen Eiweißcocktail zusammen, mittags gab es, auch zu Horsts Freude, saftige Rindersteaks ohne Beilage und am Abend »Pilates mit Trude« im Gemeindesaal von Garmisch anstelle von Weißwurst, Brezel und Bier. Gemeinsames Abnehmen schweißt zusammen. Zumindest solange, wie die Gewichtsabnahme für beide Fronten konstant und möglichst annähernd parallel verläuft.

Am letzten Abend hatte Horst sich völlig unaufgefordert dazu bereit erklärt, den Damen ein mageres Schweinelendchen auf den Grill zu hauen. Dazu Salat, was total Kalorienarmes also. Keine Soßen.

Der Grund für sein Engagement lag jedoch weniger in seiner Fürsorge um die beiden hungrigen Mädels, sondern eher in dem neuen Bunsenbrenner, den er sich heute vom restlichen Guthaben seines Gutscheins gekauft hatte. Also bei Weitem kein spontaner Anfall von Freundlichkeit. Er brannte darauf, die Holzkohle binnen Sekunden mit der Neuerrungenschaft in Flammen zu setzen, und konnte es kaum noch erwarten. Es war einer dieser Brenner, mit denen man auch Unkraut versengen konnte, und man benötigte dazu nicht so eine langweilige kleine Kartusche, sondern die große Gasflasche. Marie jedoch hatte vom technischen Neuzuwachs im Hause Scharrenberger nichts mitbekommen und kippte, während Horst ein Bierchen aus dem Keller holte, wie gewöhnlich eine halbe Flasche Brennspiritus auf das jungfräuliche Holzkohlebett am Boden des Grills, das sehnsüchtig auf Feuer lauerte.

Während die beiden Frauen in der Küche nach Tellern, Besteck und Servietten sahen und sich felsenfest versprachen, auch weiterhin, ohne die andere, auf Kalorien und teuflische Kohlenhydrate zu achten, erlitt der arme Horst im Garten eine böse Überraschung. In der Küche stellte Marie das Radio lauter, denn Marianne Rosenberg sang »Er gehört zu mir«, und die beiden grölten in bester Frühlingslaune lautstark mit.

So kam es, dass den Damen ein einmaliges Schauspiel entging. Voll Vorfreude hatte Horst den Bunsenbrenner an die Gasflasche gesteckt und vorsichtig auf das rote Knöpfchen gedrückt. In Bruchteilen von Sekunden schnellte eine Stichflamme aus dem Grill gen Himmel. Horst war sofort zurückgewichen und äußerst erstaunt über die Wirkung seiner neuesten Anschaffung, die in Sekundenschnelle den gesamten Grill nebst Beinen und angrenzendem Tischtuch in Brand gesteckt hatte. Löschen. Er musste löschen, bevor noch die gesamte Tischgruppe zu brennen begann. Nichtsahnend drehte er den Wasserschlauch voll auf, richtete ihn direkt auf den dank des Spiritus so heftig brennenden Grill und flog auch schon etwa fünfeinhalb Meter weit über den Gartenzaun, direkt in den Goldfischteich des angrenzenden Reihenhausnachbarn.

Beißender Gestank ließ die Damen aus der Küche in den Garten stürmen. Den Feuerball am Himmel und den erstaunlichen Knall hatten sie leider verpasst. Verrußt und patschnass stand die Gartensitzgruppe vor ihnen. Leise Wölkchen dampften aus den zerfetzten Überresten des Grills, und der Wasserschlauch tanzte und spritzte Fontänen wie bei Händels Wassermusik. Und Horst war mal wieder nicht da.

»Also, jetzt reicht es mir endgültig! Steckt hier alles in Brand und hockt bestimmt wieder auf dem Klo, während wir hier abbrennen! Das kann doch wohl nicht wahr sein! Lässt sein Feuer einfach alleine, der Depp!«

Marie rannte in Richtung Eingang, neben dem die Gästetoilette lag, und hämmerte energisch gegen die Türe, die mit dem Männchen und dem Nachttopf gekennzeichnet war.

»Bist du verrückt? Mensch, komm raus, es brennt!« Dabei stieß sie die Tür energisch auf, jedoch nur, um festzustellen, dass Horst dort gar nicht war.

Jetzt klingelte es auch noch Sturm, und sie riss die Haustüre wutentbrannt auf. Vor ihr stand der Nachbar. Ein wenig schwarz im Gesicht so wie alles im Umkreis.

»Jaja, tut mir leid mit dem Feuer, wir haben nicht aufgepasst. Ich hab jetzt echt keine Zeit! Keine Sorge, wir haben eine Haftpflicht. Auf Wiedersehen!«

Lieber Gott, war sie sauer! Der Nachbar jedoch rammte kurzerhand den Fuß in ihren Eingang, denn ihm war klar, dass die Tür sofort zufliegen würde.

»Earna Mo, nur für den Foi, dass Sie eam suchn woin. Der wär in unsam Teich drin … Die Feierwehr hätt ma derweil a scho ogrufa.«

Mit diesen Worten ließ er Marie stehen. Nahm den Fuß aus der Tür und ging.

Arbeit hatte die Feuerwehr so direkt keine mehr. Außer den Brandsachverständigen. Diese hatten weiße Anzüge aus Ballonseide an und Koffer mit Spezialwerkzeugen dabei. Während Horst aus dem Nachbarteich geborgen wurde, verabreichte ein Notarzt Marie, Frau Meier und sogar der Nachbarin, die um ihre Kois und Goldfische trauerte, je eine satte Beruhigungsspritze. Das, was von Horst übrig geblieben war, wurde in einem schlichten Sack auf einer Trage in die Gerichtsmedizin abtransportiert und stank einfach fürchterlich.

Die Obduktion und die Untersuchungen an der Brandursprungsstelle ergaben, dass es sich hierbei um einen Grillunfall gehandelt hatte. Solche Unfälle kamen immer mal wieder vor und gehörten zur Routine der Feuerwehr im Frühsommer, ebenso wie die Beseitigung von Wespen- und Hornissennestern.

23. UNTERS BÄUMCHEN

Frau Meier und Marie handelten wie ferngesteuert. Riefen Maries Kinder an, die, um sich von ihrem Studium zu erholen, auf Lanzarote und den Seychellen weilten, gaben je eine Traueranzeige für die Zeitung sowohl in Garmisch als auch in Bamberg auf und telefonierten ausgiebig mit Paul Uhlbein, der ihnen mit beruhigendem Timbre in der Stimme immer wieder versicherte, dass er sich mit höchster Diskretion all der Formalitäten annehmen würde, sobald die Leiche freigegeben worden sei.

Marie heulte, und sehr zum Bedauern von Frau Meier nahm sie fast stündlich und zusehends mehr ab, weil sie einfach keinen Bissen herunterbekam.

Frau Meier jedoch behielt die Fassung und auch den Appetit, während ihre Schwester immer wieder am Küchentisch in sich zusammenfiel und fassungslose Tränen vergoss. Immer wieder zuckte die quälende Frage durch ihren Kopf: War sie, Marie Scharrenberger, am Ende etwa selbst schuld an Horsts Tod? Hätte das alles mit dem Bunsenbrenner vielleicht gar nichts ausgemacht, wenn sie nicht wie immer den Spiritus auf die Kohlen gegossen hätte? Natürlich konnte sie mit niemandem darüber sprechen. Nicht einmal mit ihrer Schwester. Böse Zungen hätten womöglich behauptet, sie hätte ihren Ehemann um die Ecke bringen wollen.

Doch reden brauchte sie auch gar nicht. Frau Meier hatte die Flasche mit dem Brennspiritus nämlich bereits klammheimlich entsorgt, da sie selbstverständlich mitbekommen hatte, wie man im Hause Scharrenberger ein Feuerchen machte. In tiefster schwesterlicher Zuneigung hatte sie Marie somit einige böse Unannehmlichkeiten ersparen wollen.

Als Paul Uhlbeins Leichenwagen vor Maries Haus hielt, regnete es ohne Unterlass. Paul klingelte, und die beiden ganz in Schwarz gekleideten Frauen öffneten ihm betreten die Tür.

»Mein aufrichtiges Beileid, liebe Frau Scharrenberger. Ich kann Ihnen gar nicht sagen, wie traurig ich bin, dass wir uns unter diesen Umständen wieder begegnen müssen.«

Dann reichte er Frau Meier seine Hand und tätschelte wortlos, aber mit viel Gefühl die Ihre. Sie musste dabei sofort an Horsts Ablehnung bezüglich Pauls Händedruck denken, und ein fröstelnder Schauer lief ihr über den Rücken. Ja. Paul Uhlbein würde Horst oder das, was von ihm übrig war, nun entrußen, waschen, ankleiden, seine Einäscherung und Beerdigung veranlassen und die Asche in einer hübschen zeitlosen Urne zu Hans ins Grab legen.

»Sind Sie beide bereit, meine Damen?«, fragte er ruhig. »Können wir gehen? Ich habe den Verstorbenen schon im Wagen. Ist das das Gepäck, das wir noch mitnehmen müssen?«

Frau Meier und Marie stiegen in den Leichenwagen, und auf der dreistündigen Autofahrt redeten sie kaum ein Wort. Vor dem orangefarbenen Mietshaus in Bamberg half Herr Uhlbein den Damen mit dem Gepäck und schüttelte wiederum stumm beiden zum Abschied die Hand. Ihre Koffer trugen sie selbst hinauf. Sie wussten, dass es vor der Beerdigung noch sehr viel zu tun gab.

Maries Kinder, Sarah und Philipp, würden erst am Morgen, wenige Stunden vor den Trauerfeierlichkeiten, kommen. Ihre Pauschalurlaube wären nur unter erheblichen Mehrkosten und Aufwand früher zu beenden gewesen, was Marie den beiden keinesfalls abverlangen wollte. Gina würde ebenfalls erst kurz vor dem Gottesdienst eintreffen, da sie auf dem Weg von Usedom erst noch ihre Kinder bei Jan, den sie aber immer noch nicht telefonisch erreicht hatte, abgeben wollte. Die Kleinen bräuchten nicht unbedingt an einer Beerdigung teilzunehmen. Nicht in ihrem Alter. Sie wüssten ja noch gar nicht, um was es dabei eigentlich ging.

Nun war es an der Zeit, den Leichenschmaus zu organisieren, was Frau Meier übernahm, und die Trauerkarten drucken zu lassen, um die sich Marie kümmern wollte.

Also rief Frau Meier im Carlsturm an und fragte bei Gottlieb Carl nach, ob denn das Nebenzimmer »Zur Eintracht« am Freitag zum Mittagessen buchbar wäre.

Der Metzger hatte offensichtlich schon mehr als sieben Halbe und lallte ein wenig.

»Madla, des kannst scho hom. Des ist frei. Wofür denn? A Leich?«

»Ja, für eine Beerdigungsfeier. Wir sind etwa 25–30 Personen. So gegen 12.00 Uhr.«

»Wer isn gschtorm?«

»Mein Schwager.«

»Und wos möcht ihr assn?«

»Da komme ich nachher vorbei. Vielleicht sprechen wir das lieber persönlich ab.«

»Freidach gib's immer Schlachtschüssl. Wär des nix?«

»Nein, das wäre wohl nicht das Richtige. Vielleicht eher Rouladen oder Sauerbraten und Klöße.«

»Na freilich. Und a Schnäpsla hinterher.«

»Also, wie gesagt, ich komme später vorbei, und wir klären das, ja?«

»Des kannst machn, der Georch is scho widda bei mir im Schlachthaus. An dem is echt a Metzga verlorn ganga.«

»Ist recht. Bis später.«

»Bis donn.«

Frau Meier war also einen Schritt weiter. Der Raum war gebucht, und die Küche im Carlsturm war dank Olga und Georg sicherlich auch wieder empfehlenswert.

Olga und Georg. Wie leicht ihr das über die Lippen kam. Olga und Georg? Ob Georg etwa wegen Olga noch immer im Carlsturm wohnte? Sie schob den Gedanken rasch zur Seite und packte ihren Koffer aus. Übermorgen wäre alles vorbei. Wenn der Verstorbene erst mal seine Trauerfeier gehabt hätte, dann wäre alles gut. Wobei, in Horsts Fall gab es ja sogar zwei Termine, denn eine Woche später wollte man die Urne ja noch beisetzen. Aber das würde sie mit Marie und deren Kindern schon alleine durchstehen. Da bräuchte es kein großes Aufheben mehr. Anschließend würden sie zum Italiener gehen, bei Massimo den einen oder anderen Grappa auf den Schreck trinken und ihren Kummer in Pasta ersticken.

Marie hatte ihren Text für die Karten ebenfalls verfasst und telefonisch in Auftrag gegeben. Sie sah schlecht aus. Bleich, eingefallen und zutiefst betrübt darüber, dass keines ihrer Kinder bei ihr war, um sie zu trösten und ihr

Halt zu geben. Wozu hatte man eigentlich Kinder, wenn nicht dafür? Bitter stieg in ihr auf, dass sie ja nun ihren Wunsch erfüllt bekommen hatten. Der Vater weit weg in einem Grab, das sie nicht mal besuchen mussten und um das sich andere kümmern würden. Selbst sie konnte das Grab nicht mal eben gießen, denn Garmisch lag ja schließlich nicht um die Ecke. Sie fühlte sich elend. Am liebsten wollte sie sich gleich neben ihren Horst legen und all das vergessen. Alles in einem Aufwasch. Weg und nie mehr Sorgen haben müssen.

Frau Meier holte ihre Schwester aus ihrem finsteren Tagtraum.

»Komm, Marie, das Nebenzimmer ist gebucht, wir gehen jetzt da runter und bestellen beim Wirt das Essen. Was hat dein Horst denn immer gerne gegessen?«

»Gegrilltes und Geräuchertes.«

Nun, Frau Meier überlegte einen Moment. »Das wäre in Anbetracht der Umstände seines Todes wohl nicht das Passendste.«

»Nein«, heulte Marie los. »Das ist er ja selber, und ich kann es nicht wieder gutmachen.«

»Marie, dich trifft keine Schuld. Wie konntest du denn wissen, dass er mit dem Bunsenbrenner sein Grillfeuer anzünden würde, wenn ihr das ein Leben lang immer mit Spiritus getan habt. Beruhige dich.«

»Du weißt es? Du weißt, dass ich Spiritus auf die Kohlen geschüttet habe?«

»Klar, was meinst du, wer die Flasche entsorgt hat, bevor die Spurensicherung und die Brandsachverständigen kamen? Glaub mir, wir säßen jetzt nicht hier, wenn ich das nicht getan hätte.«

»Ach, Schwesterherz! Danke, aber ich habe es doch nicht absichtlich getan.«

»Nein, das weiß ich, aber jetzt lass uns das Essen aussuchen, ich habe Hunger.«

»Dinner-Cancelling. Für uns gibt es heute nichts mehr.«

»Na schön. Komm.«

Im Carlsturm besprachen sie gemeinsam mit Gottlieb, Olga und dem bestürzten Georg das Menü anlässlich der Trauerfeier.

Hochzeitssuppe mit Eierstich, Sauerbraten mit Klößen und als Nachtisch Vanilleeis mit heißen Kirschen.

Olga versprach, sich um alles zu kümmern und auch Blumen auf den Tischen zu arrangieren und Stoffservietten. Sie bräuchten sich keine Sorgen zu machen. Dabei tätschelte sie Marie immer wieder den Unterarm.

»Ich auch Mann verloren, ist unter Lkw. Schlimme Sache. Nicht gut.«

Am kommenden Tag rief Paul Uhlbein bereits am frühen Morgen bei Frau Meier an. Er hätte da eine Sache, die er nur mit ihr höchstpersönlich besprechen könnte.

»Lieber Paul, soll ich zu Ihnen in das Institut kommen, oder wollen Sie lieber hierherfahren und mich besuchen?«

»Meine Liebe, das ist eine Sache, die kann ich Ihnen nur hier zeigen. Es ist unglaublich, so etwas ist mir in meiner ganzen Laufbahn als Bestatter noch nie passiert. Ich bitte Sie, kommen Sie, und zwar bald. Ich bin da und nehme mir umgehend Zeit für Sie.«

»Jetzt machen Sie es aber spannend.«

»Spannend, meine gute Freundin, ist in diesem Fall nicht das richtige Wort. Es ist empörend und in gewisser Weise mehr als geschmacklos!«

»Ich komme. Geben Sie mir noch eine Stunde, dann bin ich bei Ihnen.«

»Eine Frage noch. Die Lieblingsblumen Ihres Schwagers?«

»Moment, ich muss meine Schwester fragen. Marie, was mochte Horst am liebsten für Blumen?«

»Kakteen!«

»Oh, das sind wohl kaum die richtigen Blumen für das Trauerbukett. Wären Sie mit Gerbera, Rosen und Iris einverstanden? Etwas Farbenfrohes?«

»Ich frage meine Schwester und sage Ihnen nachher, was sie sich vorstellt. Bis später, Paul.«

»Ich erwarte Sie.«

Frau Meier war verdutzt, so hatte Paul Uhlbein ja noch nie mit ihr gesprochen. Etwas von absoluter Dringlichkeit schien ihn zu bewegen. Sie hoffte mal nicht, dass man Horst die Goldzähne geklaut hatte oder Ähnliches.

Also fuhr sie nach dem Frühstück, das leider nur wieder aus einem Eiweißdrink bestand, in das Beerdigungsinstitut »Ruhe sanft«, wo Paul sie bereits in der Tür empfing.

Der Bestatter führte Frau Meier in einen Raum, der wie ein Operationssaal aussah, und legte eine weiße Plastikschürze an. Schließlich zog er sich gekonnt die Latexhandschuhe über.

»Bitte nehmen Sie Platz, gute Freundin«, sagte er und deutete auf den Stuhl neben dem OP-Tisch. »Es wird Sie schockieren, dessen bin ich mir bewusst, aber glauben Sie mir, auch ich bin zutiefst erschüttert.«

»Nun reden Sie schon.«

»Wir haben gestern am späten Nachmittag die Grabplatten auf dem Grab Ihres Mannes angehoben, damit wir in einigen Tagen den verstorbenen Horst Scharrenberger zu Grabe lassen können. Meine Mitarbeiter sind auf Entsetzliches gestoßen.«

Während er dies aussprach, zeigte er angewidert auf die Plastiktüte, die bereits die ganze Zeit schon auf dem Edelstahltisch lag, auf dem Paul Uhlbein sonst vermutlich seine Verstorbenen vorbereitete.

»Können Sie mir das erklären?«

»Was? Haben Sie eine Tüte im Grab gefunden?«

»Nein, die Tüte ist von uns, aber deren Inhalt haben wir gefunden. Sehen Sie.«

Mit einem Ausdruck von Ekel barg er mit spitzen Fingern aus den Tiefen der großen Tüte eine wahre Überraschung. Eine pinkfarbene und nicht gerade kleine Tupperschüssel.

»Was soll das denn?«, fragte Frau Meier.

»Das frage ich Sie!«

»Mich?«, Frau Meier war völlig irritiert.

»Ja, Sie! Der Inhalt dieser Schüssel ist so ekelerregend, dass ich Ihnen erspare, sich diesen Anblick anzutun.«

»Was ist denn darin?«

»Nun, neben Maden und Würmern sind in dieser Schüssel – und ich betone, dass ich das noch nie zuvor je gesehen habe – die Gebeine und Gedärme einer Perserkatze! Platt gefahren, nehme ich an. Viele Einzelteile.«

Frau Meier fuhr hoch. »Mimi! Maries Katze! Sie hat sie einfach in unser Grab gelegt? Das glaube ich nicht! Na, die kann was erleben! Das ist ja geschmacklos ohne Ende! Wenn ich die in die Finger bekomme!«

»Dann ist das gar nicht Ihre Katze?«

»Sind Sie wahnsinnig, Paul? Ich hasse Katzen! Und mein Hans tat das auch!«

»Sie hassen Katzen?«

»Ja. Ich kann sie auf den Tod nicht ausstehen, das sei Ihnen gesagt, und Sie haben tatsächlich geglaubt, dass ich so ein Viech zu meinem Hans legen würde? Was sind Sie nur für ein schlechter Menschenkenner, Paul!«

Mit diesen Worten drehte sich Frau Meier um und verließ beleidigt und empört die Geschäftsstelle von »Ruhe sanft«.

»Liebste, bitte warten Sie! Ich wusste doch nicht …«

Sie drehte sich um und sah dem Bestatter, der ihr flehend hinterhergeeilt war, mit eiskaltem Blick in die Augen.

»Wenn ich je in meinem Leben noch einmal eine Beerdigung zu organisieren habe, dann gewiss nicht bei einem Menschen, der glaubt, ich würde Katzen in Tupperdosen beerdigen! Guten Tag!«

Im Auto brauchte Frau Meier erst einen Moment, bis sie sich wieder gesammelt hatte. Sie versuchte, ruhig und gleichmäßig zu atmen. Ganz so, wie Trude im Gemeindehaus von Garmisch ihr das beim abendlichen Pilates beigebracht hatte. Atme tief durch, sagte sie sich, lächle mit dem Mund und mit deiner Leber. Sei eins mit dir und der Welt. Alles um dich herum ist gut. Du bist ganz ruhig. Ganz ruhig …

Scheiß drauf, sie war überhaupt nicht ruhig und schlug wutentbrannt auf ihr Lenkrad. Als dabei die Hupe losging, war Paul Uhlbein bereits zur Stelle und klopfte vorsichtig gegen die Scheibe der Fahrertür.

»Bitte, bitte, kommen Sie noch einmal rein. Lassen Sie uns so nicht auseinandergehen. Ich habe einen Fehler gemacht. Ich hätte es wissen müssen.«

Frau Meier kamen die Tränen. Sie hob die Hand, aber keinesfalls wie zur Vergebung, eher etwas mittelfingerbetont, startete den Wagen und fuhr mit quietschenden Reifen davon. Der Bestatter sah ihr unglücklich nach.

Zu Hause angekommen erlebte Marie ihr blaues Wunder. Ohne Rücksichtnahme auf den Umstand, dass ihre Schwester trauerte, fegte Frau Meier eine Beschimpfung und Anschuldigung nach der anderen über den Tisch. Marie sah nach unten und sagte nichts, was Frau Meier nur noch zorniger und wütender machte. Sie tobte, und das war ein Zustand, der selten zu erleben war. Als sie alles hinausgeschrien hatte, was sie je sagen wollte, drehte sie sich um, nahm ihre Schlüssel und ging wortlos aus der Tür. Schnurstracks hinunter zum Carlsturm, wo Metzger Gottlieb, der bereits wieder heftigst schielte, ihr erst einen, dann zwei und schließlich die ganze Flasche Himbeergeist hinstellte.

Georg kam nun ebenfalls und setzte sich neben sie. Alles sprudelte aus ihr heraus. Wie sie ihre Schwester hasste für solche Dinge, dass sie schon immer alles bekommen hätte und sie selbst nichts! Dass schon immer Marie und nicht Frau Meier der Liebling aller gewesen sei und nun so etwas!

Eine verdammte Katze im Grab von ihrem Hans! In IHREM ureigenen Familiengrab! Hätte sie doch nur auf ihre Tochter gehört! Wenn Gina das wüsste! Sie begann zu weinen. Georg und später auch Gottlieb und Olga wechselten sich damit ab, ihr den Rücken oder den Arm zu tätscheln. Nach etwa 16 Himbeergeist kippte sie plötzlich nach vorne über und war in einen Zustand der Bewusstlosigkeit gefallen. Die drei sahen sich hilflos an, aber hier liegen lassen konnten sie sie schließlich auch nicht. Also schnappte Gottlieb sich die immer noch deutlich über 100 Kilo schwere Dame, schleppte sie in sein Zimmer und ließ sie schwer ins Bett fallen. Dann holte er aus der Wurstküche noch einen Eimer, falls sie, nun ja, falls sie etwas von sich geben musste, und Georg brachte ein paar Handtücher. Olga zog ihr die Schuhe aus, und Gottlieb schloss die Rollos.

»Lass schlafen«, flüsterte Olga. »Kommst heute zu mir Gottlieb. Ich genug Platz in meine Kammer.«

Georg ärgerte sich. Hätte er sie doch nach oben in sein Zimmer gebracht! Aber vermutlich hätte er es nicht geschafft, sie ein ganzes Stockwerk nach oben zu bugsieren. Für Gottlieb war das kein Problem gewesen, und nun hatte er gewonnen und durfte zu Olga von der Wolga, die soeben wohl ihre Wahl getroffen hatte. Lieber den reichen Wirt und Metzger als den verarmten Weltenbummler, der täglich um seine nahende Rente bangte.

Georg schlich in sein Zimmer und war froh, dass Olgas Unterkunft am anderen Ende des Hauses lag. Zu schlimm wäre es gewesen, lustvolles Quieken oder gar Stöhnen ertragen zu müssen. Nein, er wollte es sich gar nicht vorstellen, und doch lauschte er die halbe Nacht nach verdächtigen Geräuschen.

Frau Meier erwachte im Morgengrauen und benutzte umgehend den bereitgestellten Eimer. Die Welt drehte sich, und der Geruch des Bettzeugs, in dem sie lag, ließ sie sich erneut über den Eimer beugen. Mein Gott, wie war sie nur hierhergekommen? Sie lag doch nicht etwa in Gottlieb Carls Bett? Im Metzgerbett? Erschrocken sah sie sich um. Tatsächlich. An der Wand lächelte sie der Seniormetzger von einem Foto mit schwarzem Rand an, und auf dem Stuhl neben dem Bett lagen die Kleider von Gottlieb Carl. Die karierte Metzgerhose, das weiße Kochhemd mit den blauen runden Kugelknöpfen. Die Gummistiefel standen ordentlich daneben. Oh Gott, hatte sie etwa mit Gottlieb die Nacht hier verbracht? Ihr wurde erneut übel, und mit letzter Kraft hievte sie sich aus dem Bett. Alles hier roch. Nach Mann, nach Schweiß, nach Blut. Nach Gottlieb Carl.

Als sie an dem verschmierten Spiegel vorbeikam, traute sie ihren Augen nicht. Sie sah furchterregend aus und sie merkte, dass auch sie nicht gerade nach Veilchen duftete. Gerade aus dem Mund eher etwas spritig und sauer. Im Abgang leicht nach Himbeere.

So schnell es eben ging, zog sie sich an, leerte rasch den Eimer im angrenzenden Badezimmer und schlich sich leise aus dem Haus. Die ersten Vögel begannen zu zwitschern, und sie musste sich beeilen, ihre Wohnung noch vor dem ersten Sonnenstrahl zu erreichen, da sie sonst vermutlich zu Staub zerfallen wäre, falls sie einem der Nachbarn beim Gassigehen mit dem Hund begegnet wäre. Aber alles ging gut. Niemand war auf der Straße. Die Welt schlief noch, und sie freute sich auf ihr Bett und ein paar Stunden Ruhe, bevor die Trauerfeier von Horst ihren Lauf nehmen würde.

Leise schloss sie die Tür auf und blickte ins Wohnzimmer. Dort lag Marie. Na, wenigstens hatte sie verstanden. Ein

Glück, dass sie das Sofa dem einstigen Ehebett vorgezogen hatte. Sie sollte sich suhlen müssen in ihrem schlechten Gewissen. Frau Meier schlich leise ins Bad, wusch ihr Gesicht und putzte die Zähne. Dann zog sie ihr Nachthemd über und sprühte ein wenig von Maries teurem Parfum auf ihr faltiges Dekolleté, damit sie sich selbst nicht gar so heftig riechen musste. Schließlich pirschte sie sich leise über den Flur zu ihrem Schlafzimmer und öffnete völlig geräuschlos die Tür. Der Raum lag im Dunkeln. Sie tastete sich vorsichtig zu ihrem Bett, hob die Zudecke an und ließ sich erleichtert fallen.

Ein gellender Schrei durchschnitt den jungen Morgen.

»Auaaaa! Mama, bist du das? Bist du wahninnig? Warum legst du dich auf mich? Scheiße! Was soll das?«

Dann ging die Nachttischlampe an, und Frau Meier sah, dass Gina mit ihren beiden Jungs Mikka und Ole in ihrem Bett lag.

»Wie schaust du denn aus, Mama? Sag mal, hast du eine Fahne?«

Mikka und Ole rekelten sich im Schlaf.

»Sei leise, Gina, du weckst deine Kinder auf. Rutsch mal!«

»Nee, so wie du stinkst, ganz bestimmt nicht. Bist du betrunken, Mama? Wo kommst du jetzt überhaupt her, es ist kurz vor sechs?«

»Erzähl ich dir später. Mach nicht so ’nen Wind. Gute Nacht.«

Frau Meier schlief bereits, als Gina noch wetterte, dass das ja wohl das Allerletzte sei, sich schnaubend aus dem Bett wand und das Fenster aufriss, damit ihre Jungen nicht an einer Alkoholvergiftung via Schnüffeln leiden mussten. Trotzig stapfte sie aus dem Schlafzimmer.

Gina betrat verschlafen die Küche und warf die Kaffeemaschine an. Sie selbst hatte in dieser Nacht kaum geschlafen. Zu wirr war das, was in ihrem Kopf immer wieder auf und ab tanzte. Auf und ab … wie Jans haariger Hintern, als sie zu Hause die Schlafzimmertür geöffnet hatte, um ihren Mann zu suchen, den sie seit Tagen nicht ans Telefon bekommen hatte. Sie wollte ihm doch nur sagen, dass sie wegen Horsts Tod früher zurück sei. Auf und ab … auf einer Frau, die sich blitzschnell das Kopfkissen mit dem wunderschönen Rosenmuster ihrer Lieblingsbettwäsche über den Kopf geworfen hatte. Auf und ab, wie die Kinder die Treppe hinauf in ihre Zimmer rannten, wild darauf, nach knapp drei Wochen endlich wieder mit den eigenen Spielsachen spielen zu dürfen. Auf und ab, wie Gina versuchte, sie aus den Zimmern wieder hinunter ins Auto zu schieben. Dorthin, wo sie nach acht Stunden Fahrt jetzt noch zwei weitere im Wagen verbringen mussten. Auf und ab, wie Jan die Treppe hinuntereilte, lediglich mit dem Rosenkissen von Ikea vor dem hyperaktiven Geschlechtsteil, auf und ab … Auf und ab, wie er sich abwandte. Und schließlich, wie er zurück ins Haus ging, vermutlich, um seinen Ritt noch rasch zu Ende zu bringen. Auf und ab, wie ihr Herz schlug, als sie auf der Fahrt zu ihrer Mutter einen entgegenkommenden Lastwagen kaum bemerkt hatte. Auf und ab, wie sie ihre Kinder in den Schlaf wiegte, die immer wieder fragten, wo Papa denn gewesen sei und warum sie denn nicht zu Hause bleiben durften. Bei Papa, den sie, dem Himmel sei Dank, zu Hause nicht zu Gesicht bekommen hatten.

Gina liefen die Tränen herunter. Immer wieder schüttelte es sie. Gänsehautschauer liefen ihr – auf und ab. 15 Jahre gemeinsames Leben, zwei Kinder, ein Häuschen im Grünen. Auf und ab.

Marie kam aus dem Wohnzimmer.

»Na, ist sie wieder da?«

»Ja. Und sie hat getrunken. Macht sie das häufiger, weißt du da was, Tante Marie?«

»Nein. Sie trinkt nicht. Normalerweise. Aber ich würde schon gern wissen, wo sie die ganze Nacht lang war. Sie wird ja wohl kaum auf einer Friedhofsbank eingenickt sein, als sie sich einen hinter die Binde gegossen hat.«

»Kaum.«

»Und wie geht es dir, meine Kleine? Hast du schlafen können?«

»Auch kaum. Ich sehe das Bild immer und immer wieder vor mir. Und ich dachte, Jan würde so etwas nie im Leben tun. So korrekt, so spießig, so ordentlich, so pflichtbewusst. Dieser Scheißkerl. Ich möchte wirklich nicht wissen, wie oft er das Flittchen schon in unser Bett gelegt hat, ohne dass ich es mitbekommen habe.«

»Es ist müßig, darüber nachzudenken. Sieh nach vorne. Die einen verlieren ihren Mann an den Sensenmann, die anderen an eine andere Frau. War sie wenigstens hübsch?«

»Das kann ich dir nicht so genau sagen, sie hatte ja die Ikea-Bettwäsche vorm Gesicht.«

»Aber es war doch eine Frau? Nicht dass Jan … also …«

»Ich glaube schon. Aber so genau kann ich dir das auch nicht sagen. Rein anatomisch gesehen muss es aber eine Frau gewesen sein, sonst hätte ich doch den Hinterkopf und nicht das Gesicht gesehen, oder?«

»Na ja. Weiß nicht, wie die das so machen. Jetzt gib mir erst mal einen Schluck Kaffee, ich muss ins Bad. Sarah und Philipp kommen bald, da will ich fertig sein.«

»Sag mal, Tante Marie, stimmt das wirklich, dass die beiden sich nicht um euer Grab kümmern wollten?«

»Klar, ich sage dir, das gab Aufstände zu Hause. Ich bin deiner Mutter ewig dankbar, dass wir so eine gute Lösung gefunden haben, und wenn wir meinen Horst dann irgendwann in die Erde setzen, dann weiß ich genau, da werde ich auch einst ruhen und wieder bei ihm sein.«

»Also, ich will meine Ruhe, wenn ich tot bin. Einen Mann neben mir, das wollte ich nicht. Und Jan, dieses Schwein, erst recht nicht!«

»Es wird sich schon alles wieder einrenken. Das ist die Midlife-Crisis, der kriegt sich schon wieder ein.«

»Er vielleicht, ich aber nicht. Der kann seine Sachen packen und verschwinden. Ich will ihn nie, nie wieder sehen.«

Die Trauerfeier war für 10.30 Uhr angesetzt. Frau Meier schlief bis um zehn und hatte dann schlimme Mühen, sich in ihr »großes« Schwarzes zu schwingen. Schnell noch das Gesicht restaurieren, um pünktlich neben den anderen Familienmitgliedern – die allesamt angereist waren, während sie ihr Nickerchen gehalten hatte – in der ersten Reihe neben Marie zu stehen.

»Du hast mein Parfum dran«, zischte Marie, als sie neben ihre Schwester trat.

»Das ist mir egal«, knurrte Frau Meier grimmig zurück.

»Es tut mir leid, Schwesterchen. Ich wollte Mimi nicht zum Abdecker geben. Das ist doch so roh. Die machen da Tierfutter draus. Wusstest du das?«

»Sei jetzt still. Da vorne im Sarg liegt dein Mann! Jetzt benimm dich endlich.«

Marie fingerte umständlich ein Taschentuch aus ihrem Ärmel und tupfte sich imaginäre Tränen ab. Ihr Sohn Philipp kaute neben ihr an einem offenbar äußerst zähen Kaugummi. Sarah heulte wie ein Schlosshund. Hauptsache laut. Abgesehen von ihren rot umrandeten Augen sah sie jedoch hinreißend aus. Die Seychellen hatten ihr gutgetan, dachte Marie, und ihre Gedanken zogen sie von einer in die andere Richtung. Nur nicht nach geradeaus, wo Horsts Sarg aufgebahrt war. Die Kirchenmusiker in der Aussegnungshalle spielten dezent »So nimm denn meine Hände«, bis alle Trauergäste Platz genommen hatten. Dann folgte die Ansprache des Pastors. Die Gemeinde sang. Was genau, bekam Marie nicht mit. Sie war in einer anderen Welt. Sie sah die Blumen auf dem Sarg an und fragte sich, wer wohl diese Scheußlichkeit an Gebinde verbrochen hatte, blickte auf das Kreuz über dem Altar und grübelte ernsthaft über die Frage, ob es denn tatsächlich halten würde, wenn man nur an den Händen und Füßen festgenagelt werden würde. Ihrer Ansicht nach nicht. Also wie war das dann bei Jesus? Hatten sie ihn zusätzlich auch noch festgebunden? Marie bekam absolut nichts mit. Zwei schwere Steinplatten schoben sich auseinander. Der Sarg verschwand wie von Geisterhand in der Tiefe des Podests, auf dem er gestanden hatte. Erst als Frau Meier sie in die Seite stieß, stand sie auf und ging den langen Gang durch die Aussegnungshalle hinter dem Pastor her, stellte sich neben ihn und schüttelte Hände von Menschen, die alle so entsetzlich traurig aussahen.

Philipp und Sarah standen an ihrer Seite, aber sie hatte nicht das Gefühl, als gehörten sie zu ihr. Kein tröstender

Blick, keine Stütze. Waren das überhaupt ihre Kinder? Vielleicht gehörten sie ja zu den Fällen, wo man in der Klinik die Babys vertauscht hatte?

»Mama?«, fragte Philipp, »möchtest du mit Sarah und mir fahren oder lieber mit deiner Schwester und Gina?«

»Mit euch«, hauchte sie und spürte, wie ihre Knie nachgaben. Philipp fing sie geschickt auf, und Sarah hob geringschätzig die rechte Augenbraue.

»Na prima. Stirbt sie jetzt auch noch, oder was?«

»Komm, hilf mir mal, wir setzen sie auf die Bank da drüben, und du holst in der Zwischenzeit den Wagen.«

»Bin ich Harry oder was?«

»Mensch, mach schon, ich will das jetzt hinter mich bringen. Wenn der Leichenschmaus vorbei ist, muss ich dringend zurück nach Garmisch.«

»Okay, ich gehe ja schon.«

Im Carlsturm wartete man bereits auf die Trauergäste. Olga hatte einen engen schwarzen Rock an und ein weißes Schürzchen vor dem Schoß. Auf einem Tablett hielt sie 30 Obstler in eisgekühlten Gläsern, sozusagen den Aperitif auf Kosten des Hauses, bereit.

Nun kamen die ersten Gäste. Betretene Mienen, umständliches Hin und Her, emsige Suche nach einem Platz an der Tafel, der dem Grad der Verwandtschaft auch entsprach. Marie und ihre Kinder kamen zuletzt und setzten sich an die Stirnseite der langen weiß eingedeckten Tafel. Kaum hatten sie Platz genommen, wurde die Suppe serviert. »Nach so etwas braucht man was Warmes«, zischte Frau Meier ihrem älteren Bruder zu, der den ganzen Tag noch kein Wort zu ihr gesagt hatte. Der Bruder nickte. Er war noch nie wirklich gesprächig gewesen. Ihr jüngerer Bruder, auf der anderen Seite der Tafel, hob sein Glas leicht an und prostete ihr dezent zu.

»Schwesterherz.«

»Brüderchen.«

Der Sauerbraten war köstlich. Ohne Rosinen, aber mit einem himmlischen Geschmack nach Lebkuchen und Weihnachten. Neben dem Klappern des Bestecks hörte man kaum ein Wort. Hin und wieder wurde betreten geflüstert, aber die Trauer um den Verstorbenen hatte den Gästen die Sprache noch immer verschlagen.

Schließlich erhob sich Philipp. Er klopfte mit dem verschmutzten Messer an seinen Glasrand, wobei sich ein letztes Stückchen Kloß, das daran pappte, löste und sich in seinen Bacchus verirrte.

»Liebe Mama, liebe Sarah, liebe Familie und Freunde. Mein Vater war ein außergewöhnlicher Mann. Leider war es ihm nicht vergönnt, seinen Lebensabend so zu erleben, wie er es sich immer vorgestellt hatte. Über 30 Jahre lang hat er in dem gleichen Betrieb gearbeitet. Niemals war er krank oder …«

»Gähn, schnarch«, flüsterte Gina ihrem Cousin Ludwig zu.

»Kannst du laut sagen. Dieser Heuchler. Der weiß genau, dass er seine Mutter jetzt noch leichter wie eine Weihnachtsgans ausnehmen kann als vorher.«

»Weißt du eigentlich, Ludwig, dass ich das gottverdammte scheiß Grab für die pflegen darf?«

»Nee, echt, du musst doch doof sein.«

»Bin ich nicht.«

»Mit Blumen gießen und Unkraut zupfen und allem drum und dran?«

Gina nickte verschämt.

»… ich hebe nun mein Glas«, hob Philipp seine krächzende Stimme, »und trinke auf den wunderbarsten Mann der Welt, der leider nicht mit uns hier sein kann, aber den wir alle in unseren Herzen tragen. Prost, Papa, mach's gut!«

»Scheinheiliges Arschloch.«

»Ludwig, nicht so laut!«

»Ist doch wahr. Pass mal gut auf«, mit diesen Worten erhob sich Cousin Ludwig, der schon immer ein wenig in Gina verschossen gewesen war. »… Und auf die Lebenden … im Besonderen auf Gina, meine wundervolle kleine Cousine, die sich aufopfernd um das Massengrab der Familie Meier/Scharrenberger kümmern wird. Sie lebe hoch!«

Gina blickte pikiert zur Seite. Die übrige Familie auch, aber man hob die Gläser, schenkte einander ein falsches Lächeln und trank.

Nun kam Olga wieder in die Gaststube. Erneut trug sie ein Tablett mit hochprozentigen Vitaminen.

»In Polen man muss trinken für die Toten! Und muss lachen, nicht weinen! Na zdrowie.«

»Na zdrowie«, stimmte die Familie ein und kippte die Kurzen, die sofort wieder aufgefüllt wurden.

Frau Meier allerdings winkte dankend ab, und Olga verstand.

Nach dem Essen hatte sich die Stimmung etwas gelockert. Was der eine oder andere Obstler so alles ausrichten konnte. Es wurden Anekdoten mit und über den Verstorbenen zum Besten gegeben, und richtig nett wurde es, als Sarah und Philipp sich verabschiedeten, weil sie morgen unbedingt wieder zur Uni gehen mussten.

Eine allzeit sehr beliebte Ausrede für Studenten. Abgesehen vielleicht von der Tatsache, dass am morgigen Tag dummerweise Feiertag war.

Sarah und Philipp jedoch hatten tatsächlich zu tun. Sie wollten in der Abwesenheit der Mutter das kleine Reihenhäuschen nach Schätzen filzen, und Philipp brannte darauf, endlich die goldene Taschenuhr seines Vaters sein Eigen nennen zu können, bevor Mutter Marie sie am Ende noch als wertlosen Tand entsorgte. Sarah brannte auf die Kupferdrucke und Münzen des Vaters, die sie während eines finanziellen Engpasses ihrerseits schon mal kurzzeitig ausgeliehen hatte, um ihren Wert schätzen zu lassen.

Die Trauerfeier in der Domstadt ging jedoch bis in den frühen Abend. Ole und Mikka hatten ebenfalls ihren Spaß. Georg steckte ihnen alle halbe Stunde lustige Zeichentrickfilme in den DVD-Player und hielt sie mit kleinen Späßen bei Laune, während ihre Mutter Gina, leicht hysterisch, weinend und lachend zugleich Cousin Ludwig das Auf und Ab ihrer Ehe, besonders das der jüngsten Vergangenheit, schilderte.

Am Schluss wurde es sogar noch so lustig, dass die Verwandtschaft sich schunkelnd unterhakte und gemeinsam das traditionelle und bei jeder Feier hervorgeholte Familienlied »Drunt in der grünen Au, steht a Birnbaum schö blau« sang.

»So muss a Leich sein«, freute sich Metzger Gottlieb und kniff Olga von der Wolga beherzt in den Po, die ihn dabei feurig anlächelte.

»Du gute Mann, Gottlieb. Und gute Liebhaber.«

»Du a, Olga. Mei Schatz.«

24. AUF UND AB UND HIN UND HER

»Was gedenkst du jetzt eigentlich zu tun, Gina?«, fragte Frau Meier ihre Tochter auf dem Weg zurück zur Wohnung, wo sie offensichtlich noch eine weitere Nacht mit ihren Jungs die Zelte aufschlagen wollte.

»Weiß ich nicht, ich bin so leer. Ich hätte das niemals gedacht. Wirklich nicht.«

»Ich hab dir ja gesagt, dass du dich mehr um ihn und um dein Äußeres kümmern sollst. Schau dich doch mal an. Falten, Krähenfüße, kurze Fingernägel. Und deine Haaaaaare!« Die Haare hatten es Frau Meier schon immer angetan. Es existierte kein Bild aus Ginas Kindheit, wo die Mutter ihr nicht während der Aufnahme an den wirren Locken herumgezupft hatte.

»Hör auf, Mama, mir geht es schon schlecht genug. Freu dich einfach, dass wir da sind und du die Kinder siehst. Und bitte, bitte lass mich einfach in Ruhe, bis ich wieder einen klaren Gedanken fassen kann.«

»Hat Jan noch gar nicht bei dir angerufen?«

»Doch, 32-mal auf dem Handy, aber ich geh nicht ran.«

»Und dass alles eine Verwechslung ist, ein blödes Missverständnis?«

»Sag mal, was will man denn missverstehen, wenn der eigene Ehemann Turnübungen auf einer nackten Frau macht.«

»Also war es doch eine Frau? Ich dachte ja immer, er hätte leicht schwule Tendenzen, wie er immer so mit seinem Ärschchen wackelt.«

»Mama. Hör jetzt bitte auf. Wenn du mich loshaben willst, dann sag es einfach, aber bitte nicht so. Mir geht es wirklich nicht gut.«

»Nein, nein. Bleib nur. Auch wenn es eng wird. Ich kann Marie ja jetzt nicht einfach rausschmeißen. Ich weiß ja nicht mal, wie sie nach Garmisch kommen soll.«

»Na, wie ist sie denn hergekommen?«

»Mit dem Leichenwagen.«

»Okay, so kommt sie wohl nicht zurück. Setz sie in den Zug.«

»Dass ich so etwas Herzloses großgezogen habe. Jetzt, wo du mal hier bist, soll ich alles andere liegen und stehen lassen und sogar meine Schwester vor die Tür setzen?«

»Nein, schon gut. Morgen bist du mich und die Jungs los.«

»So war das auch wieder nicht gemeint, ich liebe meine Enkele, die sind mir das Wichtigste auf der Welt!«

»Schon gut, Mama. Lass uns nicht vor den Kindern darüber reden.«

25. SAG ES MIT BLUMEN

Als sie gemeinsam die Stufen zu Frau Meiers Wohnung nahmen, wartete vor deren Wohnungstür kein anderer als Jan.

»Papa, Papa!«, riefen die beiden Jungs und rannten ihm entgegen. »Können wir nach Hause fahren? Onkel Horst schläft ja jetzt«, erzählte Mikka seinem fragend dreinschauenden Vater.

»Horst ist tot, deswegen ist Gina früher zurückgekommen!«, entgegnete Frau Meier ihrem Schwiegersohn mit eisigem Ton.

»Das tut mir leid, das wusste ich nicht«, stammelte Jan. »Warum hat mir das denn niemand gesagt?«

»Weil du nie an dein Telefon gehst!«, zischte Gina.

»Gina, es tut mir so leid. Ich weiß, es gibt keine Ausreden. Komm mit nach Hause, bitte. Lass uns reden.«

»Was soll es da noch zu reden geben?«

»Na ja, wie es weitergehen soll.«

»Weitergehen? Du hast sie ja wohl nicht mehr alle. Hier die Familie, und kaum ist die aus dem Haus, die Geliebte im …«

»Gina, nicht vor den Jungs!« Frau Meier zog die Kleinen, die durchaus mitbekamen, dass da irgendetwas geschah, was nicht wirklich toll war, in die Wohnung.

Gina trat ganz nah an ihren Mann heran und sah zu ihm auf.

»Weißt du was, Jan, verpiss dich! Ich will, dass du deine Sachen gepackt hast, wenn ich morgen komme, verstanden?«

»Ja, wo soll ich denn hin auf die Schnelle.«

»Das fragst du mich? Keine Ahnung! Zu deiner kleinen Freundin oder wohin auch immer.«

»Das geht nicht!«

»Warum nicht?«

»Weil sie verheiratet ist.«

»Ach so, die Arme, verstehe. Mein Gott, dann nimm dir ein Hotel!«

»Ist das dein letztes Wort?«

»Klar, mein allerletztes. Ach so, eines noch, das wollte ich schon immer mal zu jemandem sagen: Fick dich ins Knie!«

»Das wirst du noch bereuen, glaub mir, wenn ich erst mal auspacke, dann wirst du schon sehen. Ich mache ein Fass auf, dass du diesen Tag noch bedauern wirst!«

Gina drehte sich um, zeigte ihrem Mann den Mittelfinger und knallte die Tür hinter sich zu.

»Scheiß Weiber!«, zischte Jan, ging die Treppe hinunter, kondolierte der verdutzten Marie, die ihm an der Haustür entgegenkam, als sei nichts geschehen, und verschwand.

»Huch, was ist denn mit dem los? Hab ich was Spannendes verpasst?«, grinste sie, »ich hoffe, Kleines, du hast es ihm so richtig gegeben! Tschacka!«, dabei zog sie wie an einer imaginären Reißleine und grinste.

Mikka meldete sich zu Wort: »Mama, was ist ins Knie ficken?«

»Och, mein Süßer, das sagt man so, wenn einem jemand ganz was Böses getan hat. Aber es ist kein guter Ausdruck, und ich muss mich dafür schämen, dass ich das gesagt habe. Du darfst das auf gar keinen Fall zu jemandem sagen, egal, wie sehr du dich ärgerst, ja?«

»Okay. Ist das so ähnlich wie jemanden hauen?«

»Genau, Mikka, so wie hauen. Das darf man ja auch nicht.«

Marie runzelte die Stirn. »Ich möchte lieber nicht wissen, wie er das Wort im Kindergarten gebraucht. Tante Rosi, die Clara hat mich gefickt.«

»Schon gut, das hat er bestimmt bald vergessen, Tantchen.«

»Dein Wort in Gottes Gehörgang! Wollen wir was zu Abend essen? Ich habe einen Bärenhunger!«

Die drei Frauen gingen in die Küche und bereiteten ein kleines, aber feines Abendessen zu, das sie dann gemeinsam mit den Kindern auf dem Balkon aßen. Die Sonne ging blutrot am Himmel unter, und der Wetterbericht sagte für die nächsten Tage nur Sonnenschein voraus. Ein himmlischer Frühsommerabend, wäre der arme Horst nicht heute vor einer Woche den Flammen zum Opfer gefallen.

»Dein Handy klingelt übrigens dauernd, Schwesterchen, und wo warst du eigentlich die ganze Nacht?«, frage Marie mit prüfendem Blick über den Tellerrand.

»Aus. Ich war aus. Ganz einfach. Und gib mal her, das Handy, wo liegt es denn?«

49 Anrufe von »Ruhe sanft«. Wie gut, dass sie die Mailbox abgeschaltet hatte. Der hätte ihr sonst noch ein Kotelett ans Ohr gequatscht.

Das Resümee des Abends auf dem Balkon und nachdem die Jungs ins Bett gebracht waren lautete: Männer sind Schweine! Aber irgendwie brauchte man sie ja doch. Wobei Marie durchaus der Meinung war, das bisschen Sex könne man sich zur Not auch selbst noch besorgen. Mehrfach betonte sie hingegen, um die finanzielle Seite dieses Witwendaseins sei sie wesentlich mehr besorgt.

Am Nachmittag des nächsten Tages reisten Gina und die Kinder ab. Just in dem Moment, als ein Fleurop-Bote einen gewaltigen Strauß leuchtend gelber und vanillefarbener Rosen mit einem kitschigen »Verzeih mir«-Kärtchen‹ durch das Treppenhaus trug. Eine kleine Entschuldigung von Paul Uhlbein für ein gigantisches Fettnäpfchen.

26. RUHE SANFT

Wie sich später herausstellte, war Jan noch nicht vom Schlachtfeld der ehelichen Tragödie verschwunden. Er bestand auf dem Recht, Herr seines Hauses, oder des gemeinsamen Hauses, zu bleiben. Keinen Millimeter würde er weichen, so bestätigte es auch seine Mutter. Der Junge solle sich mal bloß nicht alles gefallen lassen. Schließlich wird er ja wohl seine Gründe haben, warum er sich eine andere Frau ins Bett geholt hatte. Gina sei ja auch schon immer so eine Beißzange gewesen.

So zog Gina also mit Sack und Pack in das Kinderzimmer des kleinen Ole, der sich freute, nachts mit Mama Händchen halten zu können.

Während einer der heftigen Auseinandersetzungen, die in den nächsten Tagen folgten, schimpfte Mikka seinen Vater mit erhobenem Zeigefinger, dass er die Mama bloß ja nicht ins Knie ficken sollte! Er bekäme es sonst mit ihm zu tun!

»Da kannst du mal sehen, wo der Junge durch deine Erziehung landet! Was meinst du, wie es ihm in der Schule mit solchen Ausdrücken ergehen wird?«, ereiferte sich Jan, der offenbar kein bisschen Schuldbewusstsein in sich trug. Das hatte ihm Mutti von der Nordseeküste ja via Ferndiagnose bereits ausgeredet.

»Das macht Papa bestimmt nicht, Mikka. Da brauchst du keine Sorge haben.«

Dass Papa das jetzt mit einer anderen und ganz bestimmt

nicht ins Knie tat, ersparte Gina dem Kleinen. Bis auf Weiteres war man übereingekommen, nach außen den Schein zu wahren. Gina war damit einverstanden gewesen, zumal sie nun so einiges über ihre Nachfolgerin herausgefunden hatte, was für ihre eigenen Qualitäten als Frau durchaus als extrem peinlich interpretiert werden konnte.

Leider war die Konkurrenz nämlich keineswegs jung und schön. Nein, Jan hatte sich in eine Oberstudienrätin verliebt. Drei Jahre älter als er, also insgesamt 14 Jahre reifer als Gina, und ebenso verheiratet. Sie unterrichtete Geschichte und Altgriechisch, war aber offenbar alles andere als staubtrocken, wie man das bei dem Alter und der Fächerkombination vielleicht hätte meinen können.

Nachts hörte Gina ihren Mann mit ihr telefonieren. Er lachte und kicherte, und hin und wieder machte Gina Geräusche aus, die durchaus auch an »auf und ab« erinnerten. Dann drückte sie sich das Kopfkissen auf ihre Ohren und weinte sich in den Schlaf.

»Arme Gina«, seufzte Tante Marie ins Telefon. Sie war nun auch seit einigen Tagen wieder in Garmisch und wollte mal hören, wie es ihrer Nichte denn zu Hause ergangen war.

»Ja, es ist die Hölle. Ich würde ihn am liebsten umbringen! Ich habe mir gestern sogar ein Buch besorgt und alles ganz genau nachgelesen.«

»Was hast du ganz genau nachgelesen?«

»Na Gift. Ich habe nachgelesen, welches Gift wie wirkt und wie viel man davon benötigt. Du, das ist gar nicht so wahnsinnig viel. Manches davon blüht sogar in meinem Garten, kannst du dir das vorstellen? Andere Giftarten sind wiederum total geschmacksneutral oder duften nach

Marzipan. Und einige kann man noch nicht mal nachweisen. Echt spannend!«

»Meine Güte, Gina! Bist du noch zu retten! Lass das mal ja niemanden hören!«

»Das kann die ganze Welt wissen,« ereiferte sich Gina.

»Glaub mir, der liebe Gott verschließt keine Tür, ohne eine andere zu öffnen. Das ist immer so im Leben, Kleines. Wenn du dich auf nichts verlassen kannst, aber darauf ganz sicher. Immer wieder öffnet Gott dir eine Tür zum Glück, das verspreche ich dir.«

Wenige Tage später öffnete Gott in der Tat eine Tür, nämlich die zum Keller der netten Familie Jan und Gina Svenson. Bedauerlicherweise genau in dem Moment, als Jan Svenson nichtsahnend von der Arbeit nach Hause kam, die Schuhe abstreifte und versehentlich auf einer Lache Penaten Babyöl ausrutschte, mit der Klein-Ole das Eichenparkett gewienert hatte. Jan Svenson fand sein jähes Ende mittels eines Genickbruchs. Entstanden beim Ausziehen der Schuhe, anschließendem Verlust des Gleichgewichts, Abstützen an der sich nach unten öffnenden Kellertür und final durch das darauffolgende Hinabstürzen der Kellertreppe, deren Stufen ebenfalls liebevoll mit Penaten Babyöl bestrichen worden waren.

Für die Polizei, nicht für Jan, hatte Gina im Esszimmer den Tisch liebevoll gedeckt. Kerzen, Stoffservietten, einen Gänsebraten in der Backröhre. Die CD mit der sanften Soulmusik lief noch, als die Kripobeamten und der Notarzt eintrafen. Sie hatte das rote Kleid mit dem tiefen Ausschnitt an und brach elegant neben dem Vertiko aus der Gründerzeit zusammen, als der Doktor ihr mitfühlend kondolierte. Dem Kripobeamten erzählte sie, als sie wieder zu sich gekommen war, unter Tränen, dass heute der Tag ihres Kennenlernens gewesen wäre und sie sich extra für diesen besonderen Anlass einen Termin bei der Kosmetikerin zum Enthaaren hatte geben lassen. Brasilian Style, worauf der Kripobeamte eine Sekunde zu lang den Blick gesenkt hielt.

Die Ermittlungen ergaben, dass es sich um einen durchaus tragischen Unfall gehandelt hatte. Es gab keinerlei Anzeichen von böswilliger Fremdeinwirkung. Und bei der Geschichte, dass Ole am Vortag im gesamten Haus den Boden ein wenig eingeölt habe, sie dies aber selbstverständlich umgehend beseitigt hätte, lachte einer der Polizeibeamten und erzählte Gina, dass seine Tochter erst vor zwei Tagen alle Tapeten rings um ihr Kinderbettchen ebenso mit Penaten, allerdings der Cremevariante, eingestrichen hätte.

Unter aufwendigsten Überredungskünsten überzeugte Gina ihre Mutter, Paul Uhlbein doch noch eine Chance zu geben. Nicht zuletzt deswegen, weil irgendwer Jans Leichnam möglichst kostengünstig an die Nordseeküste schaffen musste, wo er im Familiengrab des Svenson-Clans seine letzte Ruhe finden sollte. Gina verzichte in Anbetracht der Umstände darauf, sich lange auf der Beerdigung aufzuhalten. Die Kinder waren bei Oma Meier in Bamberg abgegeben worden. Sie sollten nicht sehen, wie sich die Erde über dem Sarg ihres Vaters schloss. Solche Erlebnisse können nämlich extrem traumatisch sein und die kindliche Entwicklung in Mark und Bein erschüttern. Und wer wollte das schon.

Etwas abseits am Friedhof, in der frischen Seebrise, stand eine große schlanke Frau. Schön war sie nicht und auch nicht mehr ganz jung. In ihrer zitternden Hand hielt sie eine langstielige rote Rose. Das Schwarz stand ihr ausgesprochen schlecht, und sie weinte. Gina sah zu ihr hinüber, und es versetzte ihr einen Stich. Die arme Frau. Sie schien ihn wirklich geliebt zu haben. Nun sah sie hoch. Gina nickte ihr zu und bedeutete ihr mit einer Geste des Kopfes, zu ihnen hinüber an das offene Grab zu kommen. Sie tat es, und es war ihr offensichtlich ein echtes Bedürfnis, ihre Rose gleichzeitig mit Ginas Nelke auf den Deckel des Sarges und in die dunkle Erde zu werfen.

Als die Beerdigung vorüber war, nickten sich die beiden Frauen wissend zu und besiegelten somit wortlos einen Pakt des Schweigens über diese Affäre. Was hätte es auch jetzt noch gebracht, dem Ehemann der langen Dünnen, also dem Bürgermeister der kleinen Gemeinde Fuchsdorf, in der Gina und die Kinder nun alleine wohnten, reinen Wein einzuschenken.

27. UMZUG

In der Zeit nach Horsts Tod hatten Frau Meier und Marie täglich mehrmals miteinander telefoniert. Marie ging es gar nicht gut. Sie glaubte, an einer seltenen Form von Alzheimer erkrankt zu sein, doch der Arzt sagte ihr offenbar einfach nicht die ganze schreckliche Wahrheit. Marie glaubte, er wolle sie nach dem Verlust ihres Mannes erst einmal schonen. Deshalb stempelte der Doktor ihre Vergesslichkeit und Schusseligkeit als psychosomatische Folge der Trauer ab. Doch Marie war sich sicher, dass er log. Ein Mann halt. Wie sollte er ihr sonst erklären, dass sie der felsenfesten Überzeugung war, in ihrem Haus sei eingebrochen worden. Sie fand wirklich rein gar nichts mehr. Weder die Papiere von Horsts Lebensversicherung noch die goldene Taschenuhr noch die Krawattennadel mit dem kleinen Brillanten, die sie ihm zum 25. Hochzeitstag geschenkt hatte, alles weg. Ferner vermisste sie einige Alben mit Münzen und Briefmarken, wobei es auch durchaus so gewesen sein könnte, dass Horst sie bei einem Bekannten liegen gelassen hatte, mit dem er regelmäßig tauschte. Was für ein absolut sinnloses und albernes Hobby.

Als Frau Meier heute bei ihrer Schwester anrief, hatte die jedoch gute Nachrichten. Brandheiß und frisch, genau so, wie die Schwester Neuigkeiten liebte.

»Marie?«

»Ja, Scharrenberger.«

»Marie. Wie gefällt es dir eigentlich in Garmisch? Möchtest du wirklich ewig dort bleiben?«

»Nein, ich bin ja nur hier, weil Horst hier gearbeitet hatte. So richtig heimisch bin ich eigentlich nie geworden. Warum fragst du denn plötzlich so was?«

»Stell dir vor, der Krause ihre Wohnung wird frei!«

»Wirklich? Wieso das denn, ihr wohnt doch dort alle so spottbillig, wie kann sie die Wohnung aufgeben?«

»Sie war gestern bei mir. Wir haben ein Gläschen Heidelbeerwein getrunken. Dabei hat sie mir erzählt, dass sie über die Umstände nicht hinwegkommt, die ihren lieben Schatz ins Grab gebracht haben.«

»Umstände ist gut«, lachte Marie zum ersten Mal seit Tagen.

»Und jetzt, halt dich fest. Weißt du, wo sie hinzieht?«

»Nein, ich bin ja kein Hellseher. Sag schon.«

»Ins Kloster.«

»Im Ernst? Ist die verrückt?«

»Nein, verrückt nicht, aber sie sagt, es hilft nichts mehr, zu beichten. Keinerlei Erleichterung. Auch nicht das Beten von Rosenkränzen. Und als sie neulich mit Omnibus Rössle einen Ausflug nach Lourdes gemacht hatte, hat ihr die Heilige Jungfrau eiskalt gesagt, sie soll ins Kloster gehen. Na und das tut sie jetzt. Sie hat mir sogar ihren neuen Fernseher versprochen.«

»So ein Schmarrn, die Jungfrau kann gar nicht sprechen. Die Krause tickt doch nicht ganz richtig. Hm. Ich weiß nicht. Meinst du, ich soll wegen der Wohnung mal nachfragen?«

»Warum nicht? So sind wir zusammen und können doch jeder die Tür hinter uns zumachen. Das wäre doch was. Zwei-Mädl-Haus.«

»Hör mir bloß auf mit ›Tür‹, da ist mir nach dem armen Jan so gar nicht mehr wohl bei dem Wort.«

»Egal. Wirst du nachfragen?«

»Abgemacht. Irgendwie liegst du nämlich schon ganz richtig. Mich hält in Garmisch absolut nichts. Die Kinder sind in München zum Studieren, und sie waren noch nicht ein einziges Mal hier, seitdem, na ja, du weißt schon.«

»Tja dann, Frau Nachbarin.«

»Tja dann, Schwesterchen. Und wer hilft mir beim Umzug?«

»Das ist schon geregelt. Gottlieb, der Metzger, stellt den Viehtransporter für die großen Stücke und Paul Uhlbein den großen Leichenwagen mit der Rückbank für die kleinen Kisten. Olga und Georg packen auch mit an.«

»Na dann.«

Marie bekam für ihr Reihenhäuschen sofort passende Nachmieter, und der Umzug geschah derart reibungslos, dass man fast an ein Wunder hätte glauben können. So unkompliziert geschah in dieser Familie sonst nämlich gar nichts, und auch im Hause Svenson ging alles seinen Gang.

Gina begann sich an Maries Geschäftsmodell zu beteiligen, und die Abende, an denen die Damen aus dem Dorf sich bei Gina trafen, um raffinierte Höschen und auch alles drumherum zu probieren, waren immer ausgesprochen lustig und verschafften Gina tiefe Einblicke in die Schlafzimmer ihrer Dorfmitbewohner. In Sachen »Abnehmen der Beichte« konnte sie schon fast mit dem Pfarrer mithalten. Da mussten die Frauen hinterher nicht mal Rosenkränze oder das Vaterunser beten.

Da aber Gina in solchen Dingen wie dem Erteilen der Absolution aus naheliegenden Gründen jedoch trotz allem nicht besonders großzügig war, entschloss sie sich, den Vertrieb über das Internet anzuleiern, was binnen weniger Wochen ein echter Selbstläufer wurde.

Auch Marie fand sich langsam wieder in ihr Berufsleben ein. Die Bergstraße war binnen kurzer Zeit bestens bestückt, was Mitternachtsspitzen anbelangte. Nun musste der Radius erweitert werden. Olga von der Wolga schlug eine große Verkaufsveranstaltung im Carlsturm vor, aber darüber musste Marie erst noch nachdenken.

28. SOMMER IN DER STADT

Es wurde ein herrlicher Sommer. Frau Meier hatte mittlerweile über 20 Kilo abgenommen und war um drei volle Kleidergrößen geschrumpft. Sie genoss sich und ihren neuen Körper in vollen Zügen, auch wenn es immer noch genug Gründe in der Waagschale gab, die Diät fortzusetzen.

Abends saßen die beiden Schwestern oft gemeinsam auf einem der Balkone und redeten über vergangene Zeiten und das, was kommen sollte. Beide waren noch lange nicht bereit, sich zum alten Eisen zählen zu lassen, und so beschlossen sie, sich im Herbst einen kleinen Urlaub zu gönnen. Marie war für die Mittelmeerkreuzfahrt. Frau Meier eher für den Bayerischen Wald. Das Los entschied schließlich zu Maries Gunsten, und somit stach man also Ende September ab Genua in See.

Der Zeitpunkt war extrem gut gewählt. Natürlich konnten die beiden zu dem Termin, als sie die Reise bei Fischers Reisedienst fix machten, noch nicht ahnen, dass es ganz gut wäre, mal ein paar Wochen aus der Schusslinie zu sein.

Zur Feier des Tages lud Marie Frau Meier ins »Rigatoni« ein. Massimo freute sich überaus heftig, die beiden endlich wiederzusehen, und führte sie zu einem wunderbar schattigen Tisch in den Innenhof des Restaurants. Hier konnte man es trotz der Mittagshitze gut aushalten und sich einen winzigen Aperol Spritz hinter die Binde kippen, während der rassige Südländer das heutige Menü vorbetete. Es klang himmlisch. Fünf leichte Gänge, dazu ein fruchtiger Weißwein aus dem Friaul, und da mittags noch nicht so viele Gäste da waren, würde sich der Koch mit besonders viel Amore der Zubereitung widmen. Versprach zumindest der Kellner.

»Also, dieser Massimo, der kann aber wirklich gut mit Frauen, was meinst du?«, fragte Marie ein wenig naiv.

»Das kann er wirklich. Ich weiß alleine von drei unehelichen Kindern, die er hier auch schon mit besonders viel Amore gemacht hat.«

»Ach, Schwesterchen, das ist halt ein richtiger Italiener!«

»Nein. Ist er eigentlich gar nicht. Seine Mutter ist Russin, der Vater Kroate, und er ist in Deutschland geboren. So sieht das nämlich aus.«

»Du raubst mir aber auch wirklich jede Illusion! Jedenfalls hat er Feuer im Hintern. Und sonst wo wahrscheinlich auch!«, lachte sie und zeigte dabei ihre sündhaft teuren Dritten. Bei einem Zahnarzttermin in der vergangenen Woche hatte sie sich sogar ein Funkelsteinchen auf den Schneidezahn pappen lassen. Frau Meier nervte das. Warum konnte diese Frau nicht zu ihrem Alter stehen. Schließlich könnte sie fast Oma sein.

Genau genommen war Marie das auch schon beinahe. Sarah war nämlich schwanger. Sie hatte einen Ferienjob auf dem Oktoberfest angenommen, und da die Aufbauarbeiten zu diesem Volksfest grundsätzlich schon im Juli starten, hatte sie bereits im August ihr ganz persönliches Wiesnsouvenir eingetütet.

Massimo brachte den ersten Gang und strahlte wie die Sonne. Was für ein Mann. Marie himmelte ihn an, und er schenkte ihr umgehend das Weinglas erneut bis fast zum Rand voll. »Für die bella Signora.« Frau Meier wäre am liebsten in Grund und Boden versunken. Merkte Marie denn eigentlich gar nicht, wie lächerlich sie sich machte?

Frau Meier aß schweigend, und Marie redete wie ein Buch. Der Steinmetz habe angerufen, und übermorgen käme Horsts Name auf den Grabstein. Selbstverständlich in genau der gleichen Schrift wie Hans' Name.

»Hatten wir nicht gesagt, dass eure Namen auf die Grabplatten kämen? Nicht auf den Stein?«

»Also das höre ich zum ersten Mal. Das hättest du mir vorher sagen müssen, Schwesterchen. Ich dachte, ihr kommt auf die rechte und wir auf die linke Seite des Steins. Er ist ja auch zweigeteilt, da passt das doch, oder?«

»Eigentlich nicht!«

»Wieso?«

»Weil ich links stehen sollte.«

»Ja und wir?«

»Auf den Grabplatten. Ihr habt ja nur den Urnenplatz.«

»Also, das verstehe ich nicht. Nur weil die Urne so klein ist, muss doch nicht auch der Name winzig sein.«

»Du verstehst das sehr wohl. Ruf den Steinmetz an. Ihr kommt nicht auf die linke Seite, ihr kommt auf die Platten! So war es vereinbart, und so will ich es haben. Das ist immer noch mein Grab!«

»Ich kümmere mich darum.«

Maries Anruf kam zu spät. Der Stein war bereits beschriftet. Als Frau Meier am nächsten Tag auf den Friedhof kam, prangte Horst-Dieter Scharrenberger über die gesamte Länge des linken Steines. Da sah Hans Meier richtig mickrig dagegen aus. Sie hätte heulen können. So viel Mühe hatte sie sich gegeben, diese Grabstelle für Hans zu finden. Kein Stein war gut genug, bis Gina schließlich selbst einen entworfen und anfertigen lassen hatte. Ein richtiges Schmuckstück. Edel, stylish und extravagant. Und nun machte sich Horst-Dieter Scharrenberger darauf breit, oder besser lang, denn der Name stand senkrecht. Den winzigsten Platz im Grab, den größten auf dem Stein. Wobei Marie-Notburga Scharrenberger ja noch länger werden würde. Was hatte sie nur getan? Eine Schnapsidee war das gewesen, und sie hasste sich selbst dafür. Dieser Tag war für Frau Meier gelaufen. Sie goss die Blumen auf dem Grab, nickte ihrem Hans kurz zu und verschwand nach Hause, wo sie sich umgehend eine Familienpizza von Dr. Oetker in den Backofen schob und hinterher noch zwei Stück Apfelkuchen in ihren Rachen. Sie konnte den ganzen Tag nicht mehr aufhören zu essen, so wütend war sie, und gleichzeitig wurde sie noch wütender, weil sie sich selbst und ihren Appetit nicht mehr unter Kontrolle hatte.

Sie schaltete den Fernseher ein und stellte überrascht fest, dass Prof. Dr. Brinkmann nicht mehr praktizierte und dafür nun verzweifelte Hausfrauen nach dem Sinn des Lebens suchten. Auch gut. Von ihnen konnte sie noch etwas lernen. Was für nette und gemeine Tricks die Mädels da auf Lager hatten. Von Erpressung über Verführung des noch fast minderjährigen Jungen aus dem Nachbarhaus. Ja, das war wohl eine gute Studie, der sie sich da widmete.

Und wie Frau Meier bemerkte, war keine der Damen auf der Mattscheibe verbittert oder bösartig. Nein, sie hatten alle ein Mäntelchen aus Freundlichkeit an, was sie nur noch unberechenbarer und gefährlicher machte.

Als Frau Meier gegen Abend den Müll nach unten trug, begegnete sie Marie im Treppenhaus und schenkte ihr ein freundliches Lächeln, das Marie völlig irritierte, denn auch sie hatte festgestellt, dass Horst am Friedhof doch ein wenig dominant rüber kam.

Beim abendlichen Fernsehen kamen Frau Meier noch weitere brillante Ideen, ihre Strategie: pure Bitterkeit in Charme – teuflischen Charme – zu verwandeln. Vor dem Spiegel übte sie die »Sieben Varianten des erfolgreichen Lächelns« und bis auf das »entwaffnende« hatte sie schon alle ziemlich gut im Griff. Am Abend schlief sie ein mit der Gewissheit, ab morgen beginne der Rest ihres Lebens. Und dieses Leben würde bunt und aufregend sein! Jawohl!

Am nächsten Morgen kam sie zeitig aus den Federn, übte wieder die »Sieben Varianten des erfolgreichen Lächelns« vor dem Spiegel und zog schließlich ihr neues brombeerfarbenes Kostüm an, das sie sich zum Verlust ihrer ersten 20 Kilo geleistet hatte. Sie sah sehr adrett aus, fand sie, und schon war sie auf dem Weg in die Friedhofsgärtnerei, wo sie ein längeres Gespräch mit dem Gärtner führen wollte, der Hans' Grab demnächst völlig neu und extravagant bepflanzen sollte.

»Aber Frau Meier, wenn wir Efeu und drei Kletterrosen vor die linke Seite des Steins setzen, dann kann man doch den Namen in zwei Wochen schon nicht mehr erkennen!«, rief er bestürzt.

»Mein Lieber, das soll man auch nicht, wer zahlt, schafft an. Also bitte, halten Sie sich an meine Anweisungen, guten Tag!«

Im Auto lächelte sie immer noch. Ihre Mutter hatte scheinbar doch recht gehabt. Mit Freundlichkeit kommt man leichter ans Ziel. Blöderweise bekommt man davon aber auch Zuckungen in den Mundwinkeln und so seltsame Krämpfe an den Wangen. Ob das alles nur eine Frage des Trainings war?

Am Wochenende jedenfalls hatte Frau Meier erneut Gelegenheit, sich im Lächeln zu üben. Gina und die Kinder kamen zu Besuch. Gina hatte angekündigt, sie brächte den neuen und endgültigen Mann ihres Lebens mit und freue sich darauf, ihn ihrer Mutter und Marie vorzustellen. Neue und endgültige große Lieben hatte es für Gina vor Jan schon eine Menge gegeben, und Frau Meier erwartete das Allerschlimmste.

Der neue Mann des Lebens sah nicht wirklich weltbewegend aus. Sicherlich, er war gut gebaut, besonders um die Hüften herum, hatte Manieren und war auch ansonsten nicht auf den Kopf gefallen, aber was in aller Welt hatte sich Gina nur dabei gedacht, sich ausgerechnet den Kommissar zu angeln, der führend im Todesfall ihres Mannes ermittelt hatte?

Dem Kind war einfach nicht zu helfen, aber Frau Meier lächelte brav, was das Zeug hielt. Zwischendrin gluckerte sie in der Küche ein Beutelchen Magnesium, aufgelöst in Eierlikör, gegen die Gesichtskrämpfe, aber ansonsten gestaltete sich alles superb. Soweit sie das beurteilen konnte, fiel der Küchenabstecher alle zwei Stunden auch gar nicht weiter auf.

»Ich weiß echt nicht, was du hast, Süße«, sagte der Kommissar am Abend zu Gina, »deine Mutter ist doch wahnsinnig nett! Ich verstehe gar nicht, was für ein Problem du mit ihr hast?«

»Lass mich! Die ist nur so nett, weil sie irgendwas will. Bestimmt muss ich ihr morgen die Hausordnung machen oder das Esszimmer neu streichen.«

»Süße, du spinnst. Für so eine Mutter müsstest du dankbar sein.«

»Danke!«

»Siehst du. Und nun lass uns schlafen, der Tag war anstrengend. Ich muss morgen früh raus. Deine Mutter will mit mir morgen als kleinen Frühschoppen zum Schlachtschüsselessen gehen.«

Gina verdrehte die Augen und rollte sich auf die Seite. Der Mann wollte Verbrechen aufklären, und dabei durchschaute er noch nicht mal ihre Mutter!

29. SCHLACHTSCHÜSSEL

Gesagt, getan, da wurde nicht lange gefackelt. Frau Meier schnappte sich am nächsten Vormittag den neuen Schwiegersohn in spe und machte sich mit ihm auf den Weg zum Carlsturm. Ihre Tochter sollte derweil doch noch schnell mal die Hausordnung übernehmen. War ja nur die kleine.

Leider hatte Gottlieb schon wieder deutlich mehr als sieben Halbe und stand vollkommen betrunken hinter dem Tresen. Olga zuckte traurig die Schultern, versuchte aber, das Beste aus der Situation zu machen. Sie lächelte freundlich, als sie Frau Meier und ihrem Besuch das kühle Pils mit der herrlichen Schaumkrone hinstellte.

Der Kommissar runzelte leicht angewidert die Stirn.

»Der Wirt ist doch total besoffen, oder?«

Jetzt kam wohl der Polizist durch.

»Nein, mein Lieber, der schielt immer so, mach dir mal keine Gedanken und genieße das Essen, das wir gleich bekommen. Alles Bio. Und in der Metzgerei ist alles tipptopp, das weiß ich aus eigener Erfahrung. Außerdem hilft Georg ja auch noch mit und passt gut auf.«

»Wer ist denn Georg?«

»Ein Freund, er ist aus Australien wiedergekommen. Du wirst ihn mögen.«

»Ist der auch Metzger?«

»Nein, Gott bewahre, das ist er nicht. Er ist Ingenieur.«

»Was macht der dann im Schlachthaus? Hat der wenigstens ein Gesundheitszeugnis? Hat er die Prüfung für den korrekten Umgang mit Lebensmitteln?«

»Ähm, also, das weiß ich nicht so genau, das glaube ich schon, aber so 100-prozentig weiß ich es nicht.«

Frau Meier hatte echte Schwierigkeiten damit, ihr neu antrainiertes Lächeln halten zu können. Vermutlich sah es ziemlich verkrampft aus, aber immerhin, es war ein Lächeln.

»Du entschuldigst mich. Ich bin Polizist. Wenn da irgendwas nicht korrekt läuft, dann bin ich auch außerhalb meines Dienstes dazu verpflichtet, so etwas anzuzeigen.«

Mit diesen Worten stand er auf und begab sich direkt in die Wurstküche, wo Georg gerade an der großen Wanne stand. Jener Wanne, in der die Blutwurstmasse rhythmisch von einem überdimensionalen Quirl zu einer homogenen Pampe verarbeitet wurde, mit der man später meterweise Darmschläuche füllen würde.

Wie es schien, war der Herr Kriminalkommissar auch auf anderen Ermittlungsfeldern als Mord äußerst eloquent. Binnen drei Minuten hatte er Georg aufgezählt, gegen wie viele, es waren wohl sieben, Paragrafen er gerade verstieß, indem er hier ohne ordentliche Genehmigung mit rohem Fleisch zugange war. Daraufhin zückte er sein Handy, um die Kollegen von der Streife und selbstverständlich auch das städtische Ordnungsamt anzurufen. Frau Meier, die hinter ihm in die Wurstküche gekommen war, schrie erschrocken auf.

»Halt, hör mal auf, was machst du denn da? Wir können doch erst mal über alles reden.«

»Da gibt es nichts zu reden. Dienst ist Dienst, und Schnaps ist Schnaps!«

Einen Schnaps tranken Olga, Georg, Gottlieb und Frau Meier schließlich auch. Aber erst, nachdem alles vorbei war.

Es war aber auch wieder sehr dumm gelaufen:

Der Kommissar hatte offenbar sein Handy retten wollen, welches Frau Meier völlig überraschend und instinktiv in einer Art Reflexbewegung mitten in den rotierenden Wurstbrei geworfen hatte.

Dabei war dummerweise der Arm des Gesetzes in den großen Quirl geraten, der ihn mit unerwarteter Kraft komplett in die Blutwurstmasse gezogen hatte. Leider, ja leider, konnte Georg den Quirl nicht rechtzeitig abstellen, und so kam es, dass der Polizist bedauerlicherweise im Blutwurstbrei ertrank – oder erstickte, da waren die vier sich nicht so recht einig.

Da die Geschichte dieses Unfalls ohnehin nicht gerade glaubwürdig war, entschloss man sich kurzerhand dazu, den Ertrunkenen, oder Erstickten, zu reinigen, der Kleider zu entledigen, mit der großen Kettensäge in handliche Stücke zu portionieren und ein Schild im Laden aufzuhängen, dass das Kilo Hackfleisch (gemischt) heute für nur 3,99 Euro zu haben sei. Was nicht über den Ladentisch ginge, könne man ja einfrieren oder eventuell als Tierfutter, natürlich zu 100 Prozent Bio, anbieten.

Ihrer tatsächlich überaus überraschten Tochter Gina, erklärte Frau Meier, dass ihr feiner Herr Kommissar sich schon vor dem Wirtshausbesuch verabschiedet hätte, weil er einsah, dass das mit ihnen beiden ohnehin nichts werden würde, er aber nicht den Mumm gehabt hätte, es Gina vor den Kindern persönlich – also von Angesicht zu Angesicht – zu sagen.

Jetzt brauchte auch Gina einen Schnaps. Die Tränen liefen ihr aus den Augen, und immer wieder schimpfte sie auf diesen Mistkerl! Sie versuchte sogar, ihn auf dem Handy zu erreichen, doch der Teilnehmer war »temporary not available«.

»Komm, Kleine, lass uns was essen gehen«, schlug Marie vor, die inzwischen auch gekommen war, um beim Weltschmerz zu trösten. »Die Jungs haben bestimmt auch einen Bärenhunger. Ich sag dir ja, die Männer, das sind alles Verbrecher. Auch die, die so tun, als wären sie das Gesetz höchstpersönlich.«

»Die sind die schlimmsten«, pflichtete Frau Meier bei.

»Oma, werde ich auch ein Verbrecher, wenn ich ein Mann bin?«, fragte Ole kleinlaut.

»Nein, mein Schatz, du nicht, weil du was ganz Besonderes bist. Und dein großer Bruder natürlich auch.«

30. SPAGHETTI BOLOGNESE

Noch war nicht allzu viel Betrieb bei Massimo, und sie bekamen ohne Probleme einen Tisch für fünf. Leider war der Chef heute außer Haus, aber Luigi, der junge Oberkellner, war sich durchaus bewusst, dass es sich hier um absolute Top-VIP-Gäste handelte.

»Wenn isch eute etwas empfehlen darf. Die Spaghetti bolognese sind ein Traum.«

»Aber Hackfleisch im Sommer?«, fragte Gina. »Ist das auch ganz frisch, von heute?«

»Aber naturlisch. Ist frische von eute, vor eine Stunde gekauft, und alles Bio. Die Metzger kennt sogar die Namen von Schweine – das heute Schwein heißen Franco.«

»Mami, ich will Spaghetti bolognese!«, rief Mikka.

»Nein!«, stieß Frau Meier entsetzt aus.

»Warum denn nicht, Oma? Das darf ich doch sonst auch bestellen?«

»Heute suche ich für uns alle aus! Bitte gönnt mir die Freude!«

»Ach komm, nun lass ihn schon, Schwesterchen.«

»Nein! Ich möchte zur Feier des Tages mit euch allen schlemmen und nicht so etwas Profanes wie Spaghetti bolognese essen.«

»Ich will aber!«

»Mikka, Schätzchen, mach Oma die Freude. Sie sucht bestimmt was Tolles für uns alle aus«, beruhigte Gina ihren Jungen.

»Luigi! Wir wollen heute ganz auf Fleisch verzichten. Heute ist schließlich Freitag. Was empfehlen Sie uns?«

»Also, Mama, eines muss ich dir sagen. Heute Vormittag wolltest du noch Schlachtschüssel essen und kurz drauf machst du einen auf katholisch!«

»Gina, ich war noch nie katholisch und werde es auch nicht mehr. Wir essen heute Fisch und basta!«

»Heute also keine Pasta.«

Natürlich blieb das Verschwinden des Kommissars nicht ohne Folgen. Am kommenden Montag wurde er beim Dienst vermisst, und gegen elf Uhr am Vormittag standen bereits die ersten Beamten bei Gina vor der Tür.

Sie verwies die Kollegen an ihre Mutter, die den vermissten Kommissar Frank zuletzt gesehen haben musste.

»Ihre Mutter hatte ihn also als Letzte gesehen?«, fragte ein besonders vorwitziger Kollege.

»Als Letzte? Das hört sich ja fast an, als würden Sie davon ausgehen, dass er tot ist?«

»Das ist durchaus möglich, junge Frau. Kommissar Frank ist der gewissenhafteste Mitarbeiter in unserer Dienststelle. Der verschwindet nicht so einfach und lässt seine Kollegen im Stich.«

»Er hat mich auch im Stich gelassen«, entgegnete Gina und eine dicke Träne lief über ihre Wange. »So ein gewissenhafter und aufrichtiger Mensch kann er gar nicht gewesen sein.«

»Sehen Sie, nun sprechen Sie auch schon in der Vergangenheitsform.«

»Aber …«

Frau Meier konnte den Polizisten jedoch auch nicht weiterhelfen. Der junge Mann habe sie noch bis zu der Gaststätte begleitet, das Gespräch unter vier Augen mit ihr gesucht und schließlich gesagt, dass er an einer Verbindung mit ihrer Tochter und der Familie an sich nicht interessiert sei. Vermutlich war er Besseres gewohnt. Vielleicht hat ihn irritiert, dass sie in einer Wohnung wohnte und nicht im feudalen Eigenheim. Vielleicht hat er sich eine reiche Familie zum Einheiraten erhofft. Ihre Tochter Gina sei ja als Witwe auf den ersten Blick eine gute Partie, aber gewiss war man dem Herrn Kommissar schlussendlich nicht wohlhabend genug gewesen.

Die Beamten baten Frau Meier, sich weiterhin zur Verfügung zu halten, was diese den Herren jedoch mit äußerstem Bedauern nicht versprechen konnte. Bereits vor Monaten habe sie mit ihrer Schwester eine Mittelmeerkreuzfahrt gebucht und gedenke, diese auch wahrzunehmen. Aber was hatte sie schließlich auch mit dem Verschwinden dieses Mannes zu tun?

31. AHOI!

Frau Meier hatte ihrer Schwester die Vorfälle um den verschwundenen Kommissar Frank natürlich nicht gebeichtet, und auch Olga, Gottlieb und Georg hielten sich, was diese Sache anbelangte, extrem bedeckt. Alle drei – unabhängig voneinander – bestätigten der Polizei, dass sie aus dem Fenster der Wirtsstube gesehen hätten, wie der junge Mann Frau Meier auf der Straße stehen gelassen habe und zu Fuß in Richtung Zentrum weitergegangen sei. Frau Meier habe anschließend mit den dreien ein Gläschen Himbeergeist getrunken und ihnen davon berichtet, wie der feine Herr Kommissar sich unehrenhaft aus der Affäre gezogen und Gina auf so unschöne Art und Weise verlassen hätte.

Es war gut, dass Frau Meier nun eine Weile auf hoher See sein würde. Wenn sie wiederkäme, hätte sich gewiss alles geklärt, und die Wogen wären geglättet.

Am Hafen von Genua erwartete Frau Meier eine große Überraschung. Gerade als Marie und sie ihre Handköfferchen, übrigens randvoll bestückt mit Maries neuester Kollektion an Dessous, über die Gangway zogen, hörte sie eine wohlbekannte und ihr Herz erwärmende Stimme.

»Aber nein, meine Liebe, lassen Sie mich das machen. Wofür bin ich denn hier?«

Sofort ließ Frau Meier den Koffer erfreut und erleichtert los und sah sich freudestrahlend um. Leider galt das höfliche Angebot jedoch nicht ihr, und das Gepäckstück auf Rädern rollte holpernd die Rampe wieder hinunter, bis es schließlich von einem hübschen Steward in deutlich zu engen Hosen aufgefangen wurde.

»Signora, hier, ich habe Ihren Koffer gestoppt!«

Alle Passagiere sahen sie an. Auch Paul Uhlbein und die Dame mit der aschblonden Hochfrisur an seiner Seite.

Frau Meier behielt die Fassung. Mit einem leichten Kopfnicken ging sie an dem verdutzten Paul vorüber und ließ sich von dem Steward helfen, den Koffer auf das Schiff zu befördern.

»Gnädige Frau«, nickte Paul betreten zurück.

Frau Meier war sauer. So hatte sie sich ihren Urlaub nicht vorgestellt. Ausgerechnet Paul Uhlbein hier an Bord des Schiffes MS Rosenstolz wiederzutreffen, fand sie unerhört. Erst beschenkte er sie mit Rosen und Pralinen, und dann ward wochenlang nichts mehr von ihm gehört. Des Rätsels Lösung, warum das so war, stand nun offenbar direkt neben ihm. Blond und blass und dünn und blöd.

Marie versuchte, ihre entrüstete Schwester zu beruhigen.

»Schau, hier gibt es so viele hübsche junge Männer an Bord, da wirst du dich doch wohl nicht wegen eines überreifen Bestatters aus der Heimat grämen! Wir haben Sommer, Sonne und Spaß gebucht! Denk nur an die neue Kollektion, die wirst du doch wohl nicht dem alten Totengräber zeigen wollen?«

»Hast ja recht, Marie, aber ich fand ihn immer so aufmerksam. Ich bin einfach maßlos enttäuscht von ihm. Ach, der Paul, warum tut er denn so was?«

»Aber gewollt hast du ihn auch nicht!«

»Nein, aber jetzt. Wahrscheinlich war das ein Fehler, ihn immer so schroff zu behandeln. Ich mochte ihn irgendwie.«

»Die süßesten Früchte wachsen immer in Nachbars Garten. Also, dann klettere halt mal bei dem dünnen Gerippe über den Zaun und klau dir ein paar. Nur so zum Spaß. Schau mal, wie lange er braucht, bis er wieder bei dir anklopft.«

»Der kann klopfen, bis er schwarz wird.«

»Schwarz passt ja. Ist seine Berufsbekleidung. Schon vergessen?«

»Nein, ich suche mir einen in Weiß. Mit Streifen am Ärmel. Vielleicht den Kapitän!«, lachte Frau Meier, vielleicht ein wenig zu hysterisch.

»Nö, den krieg ich! Der ist genau meine Kragenweite. Außerdem mag ich Männer, die das Kommando angeben.«

»Marie!«

Tatsächlich fanden sich die beiden Damen schon am ersten Abend am Kapitänstisch wieder. Natürlich wusste Frau Meier nicht, dass Marie dafür ein hübsches Sümmchen aus ihrer Witwenrente investiert hatte. So saßen sie links und rechts von Kapitän Junghans aus Bremervörde und genossen glacierte Hummerschwänze auf Weißweinschaum, der mit seinen Luftbläschen ein wenig so aussah, als hätte der Koch auf den Teller gespuckt.

Nach dem Dinner verabschiedete sich der Kapitän. Er habe Dienst auf der Brücke, aber er würde sich sehr freuen, die Damen in zwei Stunden vielleicht in der »Honeymoon Bar« auf ein Tänzchen in Ehren wiederzusehen.

Die »Honeymoon Bar« war überfüllt. Eine unglaublich dicke Dame in rosafarbenem Gewand sang von der Liebe, und Paare, weitgehend jenseits der 70, fegten über das Parkett. Frau Meier sah ihn sofort. Paul. Er führte die blonde Blasse auf die Tanzfläche, verbeugte sich leicht und schob sie rechts, links, vor, zurück über den Tanzboden. Die Blasse machte sich leider gut in ihrem blauen langen Kleid. Sie hatte etwas Edles, Adeliges. Fast wie die verstorbene Prinzessin Diana. Ein paar Jahrzehnte älter, aber egal, das fand zumindest Marie. So aristokratisch, das war Frau Meier schmerzlich bewusst, würde sie nie im Leben wirken können.

Als die Schnulze von der dicken rosafarbenen Dame vorbei war, verbeugte Paul sich erneut vor seiner Tanzpartnerin und brachte sie galant zurück an das kleine Tischchen mit den feudalen Ledersesseln. Frau Meier traute ihren Augen nicht. Eine Magnumflasche Moët & Chandon prangte in einem überdimensionalen Kühler, und der Steward kam sofort und schenkte den beiden Turteltäubchen wohlwollend nach.

Nun bemerkte auch Paul Uhlbein Frau Meiers eisige Blicke. Vermutlich zwickte ihn das imaginäre Messer, das sie ihm – nur so in Gedanken – sehr gerne zwischen die Beine gerammt hätte.

Er stand auf, machte einen kleinen Diener vor der Blassen und kam doch tatsächlich auf die beiden Schwestern zu.

»Hallo, meine Damen, wie schön, Sie beide hier zu sehen! Wir hatten uns zu Hause ja ein wenig aus den Augen verloren, nach dem Umzug, aber ich freue mich außerordentlich über diese Begegnung. Wie geht es Ihnen beiden? Genießen Sie die Seeluft? Möchten Sie vielleicht zu uns herüberkommen. Wir haben ein Fläschchen Champagner zur Feier des Tages geordert.«

Frau Meier schäumte vor Wut. »Gewiss nicht, Paul, wir wollen Sie und Ihre reizende Begleitung nicht stören, guten Abend.«

Paul Uhlbein nickte erneut kurz und begab sich ein wenig enttäuscht zurück an seinen Tisch, wo seine Begleiterin bereits ungeduldig und mit einem leicht verbissenen Zug um den Mund wartete.

»Mensch, Schwester! Eine Magnumflasche. Die kriegen die zwei so alleine doch nie leer! Du musst das Ganze auch mal von der wirtschaftlichen Seite sehen. Jetzt müssen wir selbst bestellen und zahlen, und bei mir reicht das nur für Sekt, nicht für Champagner. Du bist aber auch kein bisschen geschäftstüchtig. Außerdem hätte ich der Dame ja auch noch ein paar Höschen und einen Push-up verkaufen können. Mit so einem Push-up, vielleicht dem hellblauen, könnte sie sogar ganz sexy wirken, meinst du nicht? Und dann noch den String mit dem Schmetterling. Boah, das könnte ich mir gut an ihr vorstellen.«

»Klar, damit du Paul ebenso ins Grab bringst wie den alten Krause!«

»Den hat seine Frau ins Grab gebracht. Nicht ich. Man kann ja auch nicht den Herrn OBI verklagen, weil er einem Selbstmörder einen Strick verkauft hat, oder?«

»Marie, du bist schlimmer als der Klabautermann.«

»Also, ich brauche jetzt erst mal einen Tanzpartner, der mich hernach an die Bar einlädt.«

»Na dann viel Spaß, hier gibt es nämlich nur Paare, und ich tanze bestimmt nicht mit dir und an die Bar lade ich dich auch ganz sicher nicht ein!«

»Siehst du, deswegen sag ich ja, du hättest dem guten, alten Paul mal ein wenig entgegenkommen sollen, dann hätten wir jetzt alle drei einen Tänzer und keinen Durst mehr! Du musst echt noch viel lernen, Schwesterchen.«

Mit diesen Worten machte sich Marie auf den Weg, die Bar einmal zu umrunden. Wie ein Raubtier suchte sie eine einfache, dafür aber sichere Beute. Bei einem Tisch mit einer größeren Gesellschaft blieb sie hängen und saß wenige Minuten später auf dem Schoß eines gewissen Eduard Lohmüller, dessen Frau Else das jedoch absolut nicht lustig fand. Es handelte sich bei dem illustren Grüppchen um einen Kegelverein aus Paderborn, der gerade seine Kegelkasse der Jahre 2004–2014 mit dieser blauen Reise auflöste.

Marie winkte Frau Meier zu sich, und somit gab es für die beiden Witwen an diesem Abend zumindest die Hausmarke gratis.

Immer wieder sah Frau Meier hinüber zu dem kleinen Tischchen. Männer! Alle gleich! Wie Paul Uhlbein dieses Bleichgesicht ansah! Es war zum Erbrechen. Ihr war fast so, als hörte sie jedes einzelne Wort. Las es von seinen Lippen ab. Wie er ihr Komplimente machte. Ob sie wohl eine gemeinsame Kabine hatten? Wie schamlos. Bestimmt war auch die Blasse eine aus seinem Witwensortiment. Eigentlich hatte er ja einen Traumberuf, zumindest, um Frauen kennenzulernen. Die fielen ihm alle direkt heulend in die

Arme, und er brauchte nur den verstorbenen Gatten unter die Erde zu bekommen und brav Händchen zu halten. So machte man Frauen, zumindest die einfältigen, gefügig. Und das Schlimme daran war ja auch noch, dass ständig für Nachschub, Frischfleisch sozusagen, gesorgt wurde. Statistisch gesehen leben Frauen ja länger als Männer. Oh, wie ihr vor diesem Menschen graute! Wie gut, dass sie sich nie, wirklich nie in seine Bestatterarme begeben hatte!

Gegen Mitternacht kam endlich der Kapitän und löste das ersehnte Versprechen ein, mit den Damen ein Tänzchen zu wagen. Stolz wiegte sich Frau Meier in seinen starken Seemannsarmen. Was für ein stattlicher Mann und so gut aussehend, da sollte dieser windige Paul mal sehen, was ihm durch die Lappen gegangen war. Das wäre ihr Preis gewesen, jawohl, Herr Uhlbein!

32. SEEGANG

Als Frau Meier schließlich spät am Abend in ihrer Kabine lag, hätte sie gerne ein wenig an ihren verstorbenen Mann gedacht, mit dem sie diese Reise so viel lieber unternommen hätte als mit Marie. Aber das ging nicht, denn immer und immer wieder, wenn sie liebevolle Gedanken hegen wollte, zerschnitt ein besonders lautes und dramatisches Schnarchgeräusch die Stille. Sie knuffte Marie in die Seite, die jedoch nicht im Mindesten darauf reagierte. Nicht einmal mit einem kleinen mürrischen Grunzen.

Also zog Frau Meier sich kurzerhand ihren neuen smaragdgrünen Trainingsanzug des Designers Harald Glöckler an und unternahm einen kleinen mitternächtlichen Rundgang an Deck. Die Sterne sahen aus wie riesige leuchtende Fusseln auf einem schwarzen Teppich, aber das Geräusch der Wellen, die an den Schiffsrumpf klatschten, hatte etwas sehr Beruhigendes. Sie setzte sich auf eine der Holzliegen und legte die Beine hoch. Was für eine wunderbare Nacht, eigentlich ohnehin viel zu schade, um zu schlafen. Frau Meier suchte den Himmel nach dem Großen Wagen und dem Kleinen Bären ab, aber da sie sich eigentlich überhaupt nicht für solche Dinge interessierte, fiel ihr das nicht unbedingt leicht, und schließlich schloss sie die Augen und schlief ein.

»Scheiße, was macht die denn da!«, dröhnte es plötzlich. »Bring die Alte unter Deck, hier wird es gleich mächtig nass werden, verdammt!«

Frau Meier erwachte, als ein Matrose heftig an ihrer Schulter rüttelte. »Aufwachen, gnädige Frau, aufwachen, Sie müssen unter Deck, wir erwarten einen heftigen Sturm, bitte bringen Sie sich in Sicherheit! Gehen Sie umgehend in Ihre Kabine. Sofort!«

Frau Meier sah ihn verdutzt an. »Jawohl, ahoi, ähm, zu Befehl«, stammelte sie, »ich muss wohl eingeschlafen sein, tut mir leid. Sagen Sie, wird das ein richtiges Unwetter oder nur so ein bisschen Wind?«

»Gute Frau, jetzt machen Sie, dass Sie hier wegkommen, wir erwarten Windstärke 10–12, und legen Sie sich ein paar Spucktüten bereit. So was verkraftet eine Landratte wie Sie nicht so einfach. Neben dem Bett sind Gurte angebracht, nur für den Notfall.«

Nun bemerkte sie es auch, der Wind begehrte auf, und die Wellen klatschten bei Weitem nicht mehr so nett und friedlich gegen den Rumpf des Schiffes. Sie hatte sogar das Gefühl, als schwankte der Kahn bereits. Aber vielleicht war das auch nur ihre Benommenheit.

In der Kabine sägte Marie noch immer. Ein Speichelfaden lief aus ihrem Mund, und das erinnerte Frau Meier umgehend an die Spucktüten. Zehn Stück fand sie in ihrem Schrank. Das würde gewiss reichen. Seekrankheit hielt sie ohnehin für ein Ammenmärchen. Da müsste ja sonst jedes Baby in der Wiege darunter leiden. Na ja, rein prophylaktisch konnte sie die Tüten ja bereithalten. Wenn nur das Schiff nicht untergehen würde. »Titanic« war der letzte Film, den sie im Kino gesehen hatte, hoffentlich würde das nun nicht der letzte Kinofilm ihres Lebens werden.

An Schlaf war nicht mehr zu denken, so schnell schaukelte sich das Unwetter dort draußen auf. Nun grunzte sogar Marie. »Oh Gott, ist mir schlecht, ich glaub, ich muss den Hummer wieder ins Meer schicken!« Sie sprang aus dem Bett und knallte direkt gegen den Schrank. Das Schiff schaukelte, und Marie hatte zudem auch noch tüchtig Schlagseite von der Hausmarke des Kegelvereins. »Oh nein, was ist das denn, mir ist so schlecht. Ich muss ins Bad, hilf mir mal.«

»Nee, vergiss es, ich stehe jetzt nicht auf. Sieh zu, wie du ins Bad kommst. Ich breche mir doch nicht noch den Oberschenkelhals!«

Marie robbte auf allen Vieren ins Bad und machte unschöne Geräusche. Der Hummer brauchte mehr Platz. Als sie wieder herauskrabbelte, war sie ähnlich bleich wie Pauls Neue.

Frau Meier drückte ihr eine der Tüten in die Hand, und wie der Rest der Nacht verlief, das schreibt man besser nicht so ausführlich.

Gegen Morgen legte sich der Sturm, und es war sogar möglich, die Tüten zu entsorgen. Bleischwer schliefen sie schließlich ein, und als sie am frühen Nachmittag erwachten, strahlte bereits wieder die Sonne durch das runde Bullauge.

Sie machten sich frisch, schlüpften in ihre neuen weißen Hosen und die Segelschuhe und machten sich auf den Weg in den Tea-Room, wo um diese Zeit Tee und süße Kalorienbomben serviert wurden. Es waren nur sehr wenige

Passagiere unterwegs. Auf den Decks hatte der Sturm einiges angerichtet, und fleißig wuselnde Vietnamesen waren bemüht, alles wieder an Ort und Stelle zu rücken und die Planken zu schrubben.

»Meine Damen, was darf ich Ihnen bringen?«, fragte der charmante Steward und ließ dabei seine blitzeblanken weißen Zähnchen erstrahlen.

»Ich hätte gerne Ihre Zahncreme, guter Junge«, lachte Marie. »Wie kriegen Sie die Beißerchen nur so weiß?«

Der Steward wechselte seine Gesichtsfarbe ebenso schnell wie ein Hummer, der in kochendes Wasser geworfen wird.

»Kukident.«

»Das glaube ich nicht!«, rief Marie aus, »Sie sind doch noch so jung, das können doch nicht die Dritten sein. Nehmen Sie die nachts raus? Was sagt denn Ihre Freundin dazu?«

Der Steward versuchte krampfhaft, zu seiner Professionalität zurückzufinden: »Darf ich Ihnen nicht vielleicht den ›Tea for Two‹ anbieten? Mit Sandwiches, Scones und kleinen sahnigen Schlemmereien, meine Damen?«

»Marie, jetzt ist gut, lass den armen Mann mal in Ruhe. Du siehst doch, dass ihm das unangenehm ist.«

»Warum? Ist doch etwas ganz Normales. Ich habe auch die Dritten, die ich herausnehmen kann, schauen Sie mal, da muss man sich nicht schämen.«

Aber der Steward schämte sich doch. Ganz rot war er, und das passte irgendwie nicht sonderlich gut zu seiner Uniform und den goldenen Knöpfen.

»Marie, du bist unmöglich. Ich halte das mit dir bald nicht mehr aus. Der ganze Tea-Room schaut jetzt auf den jungen Mann. Das war gemein von dir und peinlich für mich. Übrigens müssen auch nicht alle wissen, dass du sie nicht mehr alle hast.«

»Ach, Schwesterchen«, stöhnte Marie über so viel Spießigkeit, »die Menschen wissen so vieles nicht. Und du im Besonderen. Du hast von nichts eine Ahnung, weißt absolut gar nicht, was da draußen im Leben so alles läuft und geschieht.«

»Ja, was denn zum Beispiel, das möchte ich jetzt aber schon wissen«, fragte Frau Meier spitz.

»Du hast einfach die letzten Jahre hinter dem Mond gelebt. Du hast keine Ahnung von Männern, von Dessous, von gar nichts.«

»Aber du!«, Frau Meier sprang auf, griff sich ihr Täschchen und stolzierte hoch erhobenen Hauptes aus dem Tea-Room.

33. TURTELTÄUBCHEN

Frau Meier konnte es nicht fassen, kaum hatte sie den Tea-Room verlassen und war auf Deck drei gestapft, um sich beim Blick auf das Meer ein wenig zu beruhigen, kam auch schon der nächste Tiefschlag.

An der Reling lehnte die blasse Blonde, und vor ihr machte sich gerade Paul Uhlbein zum Deppen. Er redete auf sie ein, lächelte charmant, gestikulierte mit den Händen, zwinkerte, doch die blasse Blonde blieb kalt und ungerührt wie ein Eisberg. Die Frau macht das ganz richtig, dachte sich Frau Meier, die Männer zappeln lassen. Bloß nicht zu nett, nur nicht zu freundlich und immer Haltung bewahren. Wenn sie die blasse Blonde nicht schon derart hassen würde, dann würde sie sich nur zu gerne eine Scheibe von ihr abschneiden. Nun, nicht direkt von ihr, sie hatte ja absolut rein gar nichts auf den Rippen, eher von ihrer Art, mit Männern umzugehen.

Paul Uhlbein redete immer noch auf die Dame ein, die offenbar nicht einmal den Hauch eines Lächelns für ihn übrig hatte. Dann nahm er auch noch ihre Hand und tätschelte sie. Das wiederum ließ sie allerdings zu. Hm, Zuckerbrot und Peitsche, so hieß offenbar das Spiel, das sie da spielte, dachte sich Frau Meier, schüttelte den Kopf und spazierte zur anderen Seite des Schiffes.

Erstaunlich, wie schnell das Meer sich wieder beruhigt hatte. Unfassbar. Die Luft roch nach Salz, und die Sonne wärmte ihre unterkühlte Stimmung.

Als die Luft plötzlich nicht mehr nach Salz, sondern nach Rasierwasser roch, drehte sich Frau Meier um.

»Na, schöne Frau, ganz alleine hier?«, fragte Kapitän Junghans mit einem süffisanten Grinsen auf den Lippen.

»Ja, ganz alleine. Einsam und verlassen.«

»Wo ist denn Ihre sympathische Frau Schwester? Hat sie unseren kleinen Seegang heute Nacht denn nicht verkraftet?«

»Oh doch, sie hat sogar nur fünf Kotztüten gebraucht und unterhält sich im Tea-Room gerade mit dem Kellner über die Vorzüge von Zahnprothesen.«

»Ihre Frau Schwester trägt die Dritten? Das sieht man gar nicht. Ich hatte den Eindruck, sie könne extrem kraftvoll zubeißen, wenn Sie verstehen, was ich meine«, grinste Kapitän Junghans, wobei er so ein gewisses Funkeln in den Augen hatte. Ein Funkeln, das man durchaus falsch verstehen konnte, denn es war nicht klar zu erkennen, ob es ein Funkeln der Lust oder des Spottes war.

Frau Meier blieb vorsichtig, aber nicht ohne Seitenhieb auf Marie.

»Ach, wissen Sie, Herr Kapitän, so ein Gebiss hat gewiss auch seine Vorteile, denn wenn sie es herausnimmt und zubeißt, dann hat man wenigstens nicht diese fiesen Zahnabdrücke im Fleisch. Ist ja auch blöde, wenn einen die Ehefrau fragt, wo man die Abdrücke denn herhätte, nicht wahr?«

»Ehefrau?«

»Ja, Ehefrau. Haben Sie etwa keine?«

»Nein, Werteste. Ich habe einen Ehemann. Er ist hier an Bord der Chef de Cuisine. Aber wir sind sehr diskret, das muss nicht wirklich jeder wissen. Die Mannschaft ist informiert, natürlich, aber für unsere Gäste ist das normalerweise eher ein Tabuthema. Ihnen, Frau Meier, das wusste ich vom ersten Augenblick an, kann man solcherlei allerdings gut anvertrauen. Bei Ihnen ist Verschwiegenheit eine Frage der Ehre, das sieht man sofort. Nein, man spürt es.«

Da war nun auch Frau Meier geplättet. Einen Ehemann, soso. Und sie selbst war also eine Frau der Ehre. Na prima. Sie wäre lieber eine Rassefrau, der die Ehre sonst wo vorbeiging, aber offenbar sah die Welt sie vollkommen anders.

»Das bleibt doch unter uns, nicht wahr, Frau Meier?«

»Aber natürlich. Eine Frage der Ehre«, antwortete Frau Meier und bemühte sich nun auch nicht mehr so verkrampft um ein charmantes Lächeln. Vergebene Liebesmühe wäre das. Totale Zeitverschwendung.

Kaum war Kapitän Junghans nach einem durchdringenden Piepen seines Funkgerätes auf die Brücke entschwunden, duftete es auch schon wieder nach Rasierwasser. Dieses Mal ein wenig herber, dafür aber auch billiger. Old Spice oder vielleicht Hattrick und Prestige. Eher Drogeriemarkt statt Parfümerie.

Es war Paul Uhlbein, der nun hinter ihr stand und seinen Blick über das tiefblaue Meer schweifen ließ.

»Meinen Sie nicht, wir sollten uns wie erwachsene Menschen benehmen, Frau Meier?«, fragte er mit leiser Stimme.

»Ja, werter Paul, das finde ich auch. Sie sollten sich benehmen wie ein Erwachsener und nicht wie ein verknallter Backfisch. Gute Idee, Herr Uhlbein. Sehr gute Idee. Dann machen Sie sich auch nicht ganz so lächerlich.«

»Warum lächerlich, das verstehe ich nicht. Und warum Backfisch und verknallt? Ich bin weder das eine noch das andere.«

»Ach, dann geben Sie also auch noch freimütig zu, dass Sie der armen blassen Blonden nur vorspielen, Sie seien ihr Rosenkavalier und lägen ihr zu Füßen.«

»Frau Meier, nun gehen Sie aber zu weit. Frau Rossmann ist meine Kundin. Wir sind hier in einer Art Mission und nicht auf Hochzeitsreise oder Fahrt in die Liebe. Was denken Sie denn von mir?«

»Was ich von Ihnen denke? Das möchten Sie gar nicht wissen, glauben Sie mir, Paul!«, fauchte Frau Meier, drehte sich abrupt um und verließ das Deck. Dank des mittlerweile verlorenen Gewichts war dies gar kein so übler Abgang mehr und hatte durchaus Bühnenpotenzial.

34. GIRAFFEN

Ein Oberdeck tiefer erkannte sie die blasse Blonde durch die Glastür des Treppenhauses. Wieder stand sie mit Blick auf das Meer und drehte ihr den Rücken zu. Aber Frau Meier war klar, dass nur sie das Gerippe da sein konnte, das sich fast lebensmüde über die Brüstung beugte.

Frau Meier öffnete die Glastür und drückte sich ein wenig an die Wand, um nicht direkt gesehen zu werden, was ja an sich schon ein ziemlicher Schmarrn war, denn wer würde 95 Kilogramm Mensch, die sich an eine weiße Wand drückten, übersehen? Aber die blasse Blonde sah nichts und hörte auch nichts. Ganz alleine war sie auf dem Deck. Nun beugte sie sich noch weiter über die Reling und kletterte sogar mit ihren Streichholzbeinen auf die unterste Metallsprosse der Bordwand. Nun auf die nächste und die übernächste, bis ihr knochiger Hintern auf Höhe der Brüstung anlangte und der Oberkörper bedrohlich in Richtung Meer kippte.

Frau Meier bekam es ein wenig mit der Angst zu tun. Wollte sich die Blasse ins Wasser stürzen? Wollte sie Selbstmord begehen oder war ihr möglicherweise nur ein Ohrring abhandengekommen, den sie nun auf diese Art und Weise suchte. Ohrring, ja, so was, das glaubte Frau Meier nun selbst nicht.

Sie schlich sich leise von hinten an das Gerippe heran, um es nur ja nicht zu erschrecken. Was, wenn sie sich wirklich das Leben nehmen wollte? Wegen Paul Uhlbein womöglich? Also nein, das wäre nicht einmal für dieses bleiche Gespenst ein Grund. Sie musste die Frau davon abhalten, sich in die Fluten zu stürzen.

Schritt für Schritt kam sie näher. Das dünne Kleidchen der blassen Blonden wehte im Wind. Ein Fähnchen aus Chiffon. Bestimmt irrsinnig teuer.

Frau Meiers Plan war, sie am Rock zurückzuziehen, falls sie tatsächlich springen wollte. Jetzt beugte sich die Gute noch ein Stückchen weiter vor. Langsam wurde es kritisch.

»Tun Sie es nicht!«, stieß Frau Meier hervor, »das ist kein Mann der Welt wert, bitte lassen Sie das, hören Sie auf mit dem Quatsch!« Frau Meier erschrak von der Lautstärke, mit der sie plötzlich um das Leben der blassen Blonden schrie.

Die blasse Blonde erschrak aber auch. Und zwar so gewaltig, dass sie mit ihren dünnen Beinchen das Gleichgewicht auf den Sprossen nicht mehr halten konnte und mit völlig irritiertem Blick vornüber kippte. Direkt in das spiegelglatte blaue Mittelmeer.

Frau Meier sprang nach vorne und sah nur noch ihr schrumpeliges Ärmchen ein-, zweimal aus dem Wasser winken. Kurz darauf hörte sie ein dumpfes, mahlendes Geräusch aus Richtung der Schiffsschraube, und dann kehrte gespenstische Ruhe ein.

Frau Meier, die immer noch über der Reling hing, blickte direkt unter sich. Dort befand sich das Personaldeck.

Plötzlich wurde ihr klar, was passiert war. Die dürre Blonde wollte absolut nicht aus dem Leben scheiden, nein, ganz im Gegenteil, sie hatte lediglich ein wenig spionieren wollen.

Frau Meier konnte gerade noch zwei Männer erkennen, die sich irgendwie seltsam entknoteten, blitzschnell ihre Handtücher von einer Sonnenliege zerrten und offenbar heimlich, still und leise, vor allem aber unerkannt, verschwinden wollten.

Bestimmt hatte das Aufklatschen der Blassen auf die Wasseroberfläche die beiden aufgeschreckt. Und jede Wette, dieses Klatschen war so besonders und einmalig, dass sie auch genau wussten, woher es rühren musste. Nämlich von »Mann über Bord«.

Die beiden blickten nicht nach oben, was wirklich gut für Frau Meier war, denn sicher hätte trotz allem ihre Anwesenheit dort dringenden Erklärungsbedarf gefordert. Aber Frau Meier hatte die beiden Herren erkannt. Es waren eindeutig der Kapitän mit seinem unverkennbaren Tattoo einer Meerjungfrau auf dem Arm und der Kellner, der Marie das Geheimnis seiner strahlend weißen Beißerchen verraten hatte. Sodom und Gomorra, was war das hier nur für eine Lasterhöhle!

Frau Meier schüttelte schockiert den Kopf. Wie konnte ein Kapitän sich nur derart blitzschnell vom Acker machen, wenn doch gerade jemand vor seinen Augen, na ja, sagen wir besser vor seinen Ohren, über Bord gegangen war?

Vielleicht, so mutmaßte sie richtig, lag es ja daran, dass man dank der mangelnden Bekleidung der beiden Herren nicht nur das Armtattoo des Kapitäns sehen konnte, sondern vor allem und in wahrer Lebensgröße auch die tätowierte Giraffe im Leisten- und Oberschenkelbereich des Kellners. Mein Gott, was konnten Giraffen nur für lange Hälse bekommen.

35. WIE DER HASE SO LÄUFT

Man konnte wirklich nicht behaupten, dass dieses Erlebnis völlig spurlos an Frau Meier vorübergegangen war. Nein, absolut nicht.

Leichenblass irrte sie durch das Schiff und suchte ihre Kabine. Die anderen Passagiere lächelten ihr aufmunternd zu. Sicherlich glaubten diese, dass Frau Meier nur aussah wie gespuckt, weil sie noch an den Folgen der Sturmnacht zu leiden hatte. Wenn die wüssten, dachte sich Frau Meier, wenn die wüssten, auf was für einem Kahn wir hier alle gelandet sind und in was für Händen!

Schließlich fand sie die Kabine und fingerte so nervös am Schlüsselloch herum, dass Marie die Tür schließlich von innen aufstieß.

»Wo kommst du denn jetzt her, Schwesterchen? Und wie siehst du überhaupt aus? Lassen die Reisetabletten nach, oder warum …?«

Doch Frau Meier war bereits im Bad verschwunden und sackte völlig erledigt neben die Toilettenschüssel.

Nach einer Weile beruhigte sie sich. Blutdruck und Gesichtsfarbe waren fast wieder normal, als sie in die Duschkabine stieg und sich eiskalt abbrauste.

Nicht nur das Bild der Ertrinkenden, sondern vor allem die visuellen Lehrstunden aus Brehms Tierleben ließen sich jedoch nicht so einfach aus ihrem Kopf vertreiben. Sie brauchte etwas, um zu vergessen, etwas, das jede Erinnerung ausradieren würde.

»Komm, Marie, wir trinken jetzt an der Bar mal was Härteres, nicht nur so ein Blubberwasser, ich lade dich ein. Wir betrinken uns heute, und zwar so richtig.«

»Schwesterchen, das geht leider nicht.«

»Warum denn nicht?«

»Weil ich ein Date habe. Nachher, nach dem Dinner. In der ›Roten Lagune‹, du weißt schon, diesem Club, wo sie auch so an der Stange tanzen und so was.«

»›Rote Lagune‹. Okay. Und mit wem willst du an der Stange tanzen? Mit Paul Uhlbein vielleicht?«

»Nein, stell dir vor, der süße, knuffige Kellner aus dem Tea-Room, der mit den schönen Dritten, wollte mir dort einen Drink spendieren und mir erzählen, wie hier der Hase so läuft. Aber kaum hatte er mich eingeladen, ist er auch schon blitzschnell wieder verschwunden. Angepiepst. Ich hoffe nur, der vergisst mich nicht. Mich und unser gemeinsames Date. Wäre ja blöd.«

»Hase?«

»Welcher Hase? Ach so, na, der Hase, du weißt schon, wie das Leben hier an Bord wirklich ausschaut, nicht nur das Touri-Programm.«

»Aha, dann gehe ich alleine, ich brauche jetzt was Hochprozentiges.«

Frau Meier machte sich auf den Weg zur Bar auf dem Promenadendeck. Die hatte schon nachmittags geöffnet und lag hübsch im Schatten.

Sie schnappte sich einen Barhocker und ließ sich seufzend fallen. Pierre, der Barkeeper, ahnte, was nun kam. Jetzt bräuchte er Geduld, gute Nerven und das richtige Gespür dafür, wann er der Dame den Zettel zum Quittieren vorlegte, um noch zu gewährleisten, dass er auch ein Trinkgeld für all die Mühe bekam, die nun noch vor ihm lag. Und so wie die stramme Lady aussah, vertrug die einiges.

Frau Meier bestellte sich einen doppelten Gin mit wenig Tonic und dazu einen Teller Knabberzeugs.

»Probleme?«, fragte Pierre ganz professionell. Fast so, als wäre die Frage völlig nebensächlich.

»Probleme? Ich? Wie kommen Sie denn nur darauf?«, entgegnete Frau Meier nervös. Sie sah auf sein Namensschild. »Pierre, was für ein hübscher Name. Pierre, haben Sie vielleicht Probleme?«

Der Barmann sah Frau Meier verwirrt an und stellte fest, dass ihm diese Frage in den letzten acht Jahren in der Tat niemand mehr gestellt hatte.

»Wenn Sie mich so fragen, dann ja. Ich habe eine Menge Probleme.«

»Echt? Wo Sie doch auf so einem schönen Schiff und immer in der Sonne sind? Wie kann man da nur Probleme haben? Das hier ist doch ein Mikrokosmos. Sie haben alles, was Sie brauchen. Alles.«

»Nein, meine Dame, ich habe leider nicht alles. Aber vielleicht sollten Sie sich nicht den Urlaub durch meine Probleme vermiesen lassen.«

»Ja, vielleicht. Aber wissen Sie, es tut total gut, die Probleme anderer zu hören, damit man endlich wieder mal sieht, wie gut es einem selbst doch geht. Also, Pierre, dann schießen Sie mal los. Ich habe Zeit und will mich heute betrinken. Mein Gewicht liegt bei 95 kg, und deswegen brauche ich dazu mindestens zwei Stunden, da ich das Zeug ja auch nicht völlig blödsinnig in mich hineinkippen will. Fangen wir mal mit Ihrem Namen an. Pierre, sagen Sie, haben Ihre Eltern zu viel Winnetou geschaut?«

»Woher wissen Sie das, Frau …?«

»Meier.«

»Frau Meier. So ist es wirklich. Und ich leide seit meiner Kindheit darunter. Meine Mutter wollte immer, dass ich aussehe wie Pierre Brice. Sie hat mir sogar die Haare dunkel gefärbt, als ich noch klein war. Und zum Friseur durfte ich auch nie.«

»Nein!«

»Doch. Und als ich dann eine Freundin hatte, die blond war, ist sie auf die Palme gegangen. Sie hat die Susi vergrault.«

»Susis müssen blond sein, nicht wahr, Pierre?«

»Richtig, aber sagen Sie das mal meiner Mutter!«

»Oh, dazu wird es wohl kaum kommen. Ihre Mutter ist ja wohl nicht an Bord, oder?«

»Nein, sie lebt in Ingolstadt.«

»Ah nein, Pierre, dann wird aus dieser Idee wohl nichts, guter Junge. Aber Sie werden doch wohl nicht wegen Ihrer Jugendliebe immer noch trauern, oder?«

»Nein, aber nach der Susi kamen Lizz, Bea, Annette, Rosemarie, Tina, Marie und Franziska. Alle blond. Und weil sie meint, ich bräuchte eine richtig rassige Squaw, hat sie einfach jede vergrault. Aber ich stehe nun mal total auf Blond.«

»Wie macht sie das denn? Ich meine, das mit dem Vergraulen?«, fragte Frau Meier ganz neugierig und hob ihr leeres Glas, um Nachschub zu ordern, ohne den Gesprächsfaden zu verlieren.

»Das ist total perfide.«

»Wie perfide? Was tut sie denn genau? Klingt ja spannend.«

»Sie vergiftet sie. Mal mit E.-Coli-Bakterien, mal mit Salmonellen, mal mit ein wenig Arsen.«

»Nein, das glaube ich nicht!«

»Doch, tut sie.«

»Pierre, bei aller Freundschaft, ich glaube, das bilden Sie sich ein. Dann müsste man sie ja einsperren.«

»Nein wirklich. Zuerst kommen sie, also die Mädels, ganz friedlich zu Kaffee und Kuchen. Kurz darauf landen alle im Krankenhaus. Ich weiß gar nicht, wie sie es macht, aber es passiert immer wieder. Jedes Mal das Gleiche. Ich traue ihr überhaupt nicht mehr über den Weg. Und anzeigen kann ich sie ja nun auch nicht. Sie ist schließlich meine Mutter. Deshalb bin ich jetzt hier auf dem Schiff, damit sie keiner Frau was tun kann.«

»Kluger Junge, aber dann haben Sie ja eine Lösung für Ihr Problem. Sie stellen ihr auch einfach keine mehr vor.«

»Nein, das ist auch keine Lösung, jetzt habe ich nämlich nicht mal mehr eine Freundin. Hier habe ich kaum Freizeit, und wenn ich nachher an der Bar fertig bin, dann muss ich in die ›Rote Lagune‹ und dort Liveauftritte absolvieren. An der Stange, im goldenen Stringtanga, stellen Sie sich das mal vor. Dabei hasse ich so was. Ich bin doch ein total normaler Kerl.«

»Oh weh, Sie armer Junge, geben Sie mir mal noch einen Doppelten und schenken Sie sich auch einen ein. Sie brauchen das ja noch eher als ich.«

»Danke, ich darf aber nicht im Dienst trinken. Wenn das der Kapitän erfährt.«

»Okay, dann eben für mich zwei Doppelte! Und sagen

Sie, wie ist das da so in der ›Roten Lagune‹? Hat da auch wirklich das Personal Zutritt? Feiern da Gäste und Mannschaft zusammen?«

»Feiern ist wohl ein wenig großzügig ausgedrückt. Was ich jetzt sage, bleibt natürlich unter uns, aber für viele ist das das zweite Standbein hier an Bord. Sie verstehen, nett sein gegen Geld. Seniorenpoker nennen wir das.«

»Aha. Bitte noch einen Doppelten.«

Langsam spürte Frau Meier die Wirkung des Alkohols, und somit fand sie es auch gar nicht weiter schlimm, als wie aus dem Nichts plötzlich Paul Uhlbein auftauchte und neben ihr Platz nahm.

»Sie gestatten, meine liebe Frau Meier?«

»Ich gestatte, Herr Uhlbein. Alles klar auf der Andrea Doria?«

»Ja, danke der Nachfrage, alles klar. Sagen Sie, Sie haben nicht zufällig meine Kundin Frau Rossmann gesehen?«

»Ihre Bekannte, meinen Sie? Nein. Sollte ich? Wussten Sie übrigens, dass es hier an Bord eine Lasterhöhle gibt, Paul? Die ›Rote Lagune?‹«

»Nein, Werteste. Aber das ist bestimmt nichts für uns beide, oder?«

»Nein, Paul, für uns beide niemals. Laster? Wir doch nicht! Oder können Sie an der Stange tanzen? Geht aber nur im goldenen String.«

»Wie meinen Sie?«

»Schon gut, Paul. Kommen Sie, wir trinken jetzt mal einen kleinen Aperitif zusammen und dann ist es auch schon Zeit fürs Abendessen. Würden Sie mit mir dinieren? Oder hat Ihre Bekannte etwas dagegen?«

»Das mit der Bekannten erkläre ich Ihnen beim Essen, Frau Meier, nun lassen Sie uns mal auf den Frieden anstoßen. Den Frieden und die Freundschaft.«

»Jawohl. Auf Frieden und die Feindschaft. Prost, Paul! Und keine Panik auf der Titanic!«

36. KALBSMEDAILLONS MIT SCHLAGSEITE

Frau Meier hatte ordentlich Schlagseite von ihrem Intermezzo mit Winnetou an der Bar. Aber sie freute sich sehr auf das Abendessen mit Paul Uhlbein, der ihr in der Tat noch eine Erklärung dafür schuldig war, warum er mit seiner Kundin eine Kreuzfahrt unternahm und literweise Champagner in sich hineinkippte. Hätte es nicht vielleicht auch so ein kleiner Piccolo getan für eine Kundin?

Sie hatte noch eine gute Stunde Zeit, sich für das Dinner im »Fürst Metternich Saal« aufzustylen. Mit viel Sorgfalt wählte sie ihr neuestes Seidenkleid in Türkis, das das sanfte Braun ihrer Haut bestens hervorhob. Sollte der alte Totengräber mal sehen, was er hier so leichtsinnig aufs Spiel gesetzt hatte.

Aus Maries Beautycase bediente sie sich großzügig. Das Ergebnis überraschte sie selbst. Vor noch nicht mal einem Jahr war sie über ein Wagnis von Beige zu Nugat nicht hinausgekommen, und nun Türkis! Unglaublich. Sie lächelte sich im Spiegel zu und hatte allen Grund, stolz auf sich zu sein, und der kleine Schwips von der Bar war auch schon fast überstanden.

Paul Uhlbein holte Frau Meier pünktlich an ihrer Kabine ab. Er trug einen dunkelblauen Zweireiher mit goldenen Knöpfen und dunkle Budapester. Das Einstecktuch war – und das musste einfach ein Zeichen sein – türkis, ebenso wie seine Krawatte, die er selbstverständlich mit einem doppelten Windsorknoten gebunden hatte. Frau Meier schien der türkise Farbtupfer wie ein Wink des Schicksals. Ja! Paul, ich glaub, du bist es, rumorte es in ihrem Kopf und in ihrem Herzen, und du schaust auch gar nicht aus wie so ein grausiger Bestatter, überhaupt nicht. Nicht mal, wenn man näher hinsieht.

Paul bot ihr den Arm an, und so betraten sie den Speisesaal »Fürst Metternich«. Auf ihrem Platz lag eine langstielige gelbe Rose mit einer kleinen Karte, auf der nichts weiter stand als: »Verzeih!«

Dieser Paul, der wusste, wie man mit einer Dame ihres Kalibers umging.

Das Menü war ein Gedicht. Grüner Spargel an Seezungenröllchen, Meerrettichschaumsüppchen, Kalbsmedaillons auf Rauke mit Prinzesskartöffelchen und zum Dessert die Eisparade mit lauter strammen Kellnern in weißen Hosen und mit Wunderkerzen.

Frau Meier genoss jeden Bissen und bemühte sich sehr, Paul die Zeit zu lassen, selbst auf das brisante Thema »Kundenbetreuung« zu kommen.

Dies passierte – während einer kleinen Kunstpause – direkt zwischen einem Kartöffelchen und der Eisbombe.

»Frau Meier, meine Liebe. Sie wissen, dass ich ein Mann bin, auf den sich Hinterbliebene verlassen können. Sie selbst kennen mich und meine Arbeit.«

»Ja, Paul, das machen Sie sehr gut. Aber bitte kommen Sie jetzt mal auf den Punkt!«

»Nun, Frau Rossmann hat ihren Mann verloren. Vor wenigen Wochen. Er war einst bei der Marine und wünschte sich nichts mehr als eine Seebestattung, wie ein richtiger Seemann. Leider ist das aber nur in Ausnahmefällen möglich und bei uns nur in der Nordsee gestattet. Da wollte Herr Rossmann aber wegen der Windkraftanlagen und der Bohrinseln vor Schottland einfach nicht ruhen. Ferner erträumte er sich eine regelrechte Luxusbestattung, was jedoch leider den finanziellen Rahmen der lieben Witwe Rossmann sprengte.«

»Ja, Paul, jetzt kommen Sie doch wirklich endlich auf des Pudels Kern. Das kann ja keiner mehr aushalten, dieses Drumherumgerede.«

»Nun, ich habe Frau Rossmann vorgeschlagen, sie könne die Asche ihres Mannes im Rahmen einer Kreuzfahrt, die sie bereits bei einem Preisausschreiben gewonnen hatte, selbst entsorgen. Also beisetzen.«

Frau Meier nickte verständnisvoll und war ganz Ohr.

»Frau Rossmanns Gewinn umfasste aber eine Reise für zwei Personen inklusive einer Magnumflasche Champagner, und so habe ich ihr angeboten, sie zu begleiten und ihr bei der Beisetzung ihres Gatten zu assistieren. Den Einzelzimmerzuschlag, die Landausflüge und die weiteren Spesen habe ich selbstverständlich aus eigenen Mitteln finanziert.«

»Aber Paul, das mit dieser Seebestattung, das ist doch illegal!«

»Ja, das ist es. Daher benötigte Frau Rossmann ja meine Hilfe. Auf dem Bamberger Friedhof liegt nun eine Urne, gefüllt mit der Asche aus meinem Kamin. Ein offener übrigens, Kamin, meine ich. Das ist romantisch. Und die Asche von Herrn Rossmann habe ich im Moment gerade in meiner Kabine. In einer Tüte, die ursprünglich für Eiweißpulver gedacht war. Das an Bord zu schmuggeln, war riskant. Und vielleicht nicht sehr ethisch, aber ich bin immer – immer für meine Kunden da.«

»Oh, Paul, Sie sind ja ein Held!«

»Nun, nicht wirklich, Werteste, aber wissen Sie, ich mache mir langsam Sorgen. Ich vermisse seit einigen Stunden meine Kundin Frau Rossmann. Sie haben sie nicht zufällig irgendwo gesehen, oder?«

»Ich? Gott bewahre!«, hob Frau Meier entschuldigend die Hände.

»Aber ich bin mir sicher, Ihre Bekannte, nein, Ihre Kundin, hat lediglich ein wenig Ruhe zur Bewältigung ihrer Trauer benötigt. Es ist ja auch nicht einfach, den eigenen Mann den Fischen zum Fraß vorzuwerfen, nicht wahr? Fische füttern mal anders.«

»Ja vielleicht, Frau Meier, vielleicht. Sie haben so viel Feingefühl in solchen Dingen. Ich wünschte, ich hätte eine Frau wie Sie an meiner Seite. Sie sind wirklich einmalig!«

37. SEEBESTATTUNG

Am Morgen lag das Schiff vor Marokko, und ein Tagesausflug nach Casablanca stand auf dem Programm. Frau Meier und Marie hatten sich diesen Programmpunkt aufgrund der langen Busfahrt über holprige Straßen wegen ihrer Bandscheiben nicht antun wollen. Sie planten einen Ruhetag auf dem Sonnendeck, das dann sicher nicht allzu voll sein würde, wenn die meisten Passagiere an Land gegangen wären.

Aber Marie hätte ohnehin auf Ausflüge jedweder Art verzichten müssen. Sie war erst gegen vier Uhr morgens zurück in die Kabine gekommen, hatte sich samt Abendkleid und Schuhen auf ihr Bett fallen lassen und schlief wie ein Stein. Ein ziemlich muffelnder Stein allerdings, wie Frau Meier fand, und deshalb hatte sie des Nachts kurzerhand die schlafende Marie von Kopf bis Fuß mit Deo übersprüht. Konnte ja, weiß Gott, kein Mensch aushalten, diesen Mief.

So kam es, dass Frau Meier fit und munter beim Frühstück saß, während ihre Schwester im Badezimmer Renovierungsmaßnahmen größeren Ausmaßes in ihrem Gesicht vornehmen musste.

Paul Uhlbein betrat den Frühstückssaal. Mit weißen Hosen und einem dunkelblauen Poloshirt. An den Füßen trug er zweifarbige Schuhe wie ein Dandy, und ja, man sah ihm den Totengräberjob beim besten Willen nicht an. Ein fescher Mann für sein Alter.

Frau Meier winkte, und Paul steuerte schnellen Schrittes auf sie zu.

»Frau Meier, Frau Rossmann ist verschwunden, guten Morgen erst einmal. Ich habe schon mehrfach an ihrer Kabinentür geklopft, aber niemand öffnet. Nach dem Frühstück werde ich die Kabine öffnen lassen und notfalls persönlich mit dem Kapitän sprechen. Das ist ja gar nicht Frau Rossmanns Art, da muss etwas Schreckliches passiert sein. Oh, hoffentlich ist ihr nichts zugestoßen.«

»Mein lieber Paul, nun beruhigen Sie sich. Frau Rossmann ist eine erwachsene Frau. Was meinen Sie, wie Sie sich blamieren, wenn Sie die Tür öffnen lassen und Frau Rossmann liegt dort womöglich in den Armen eines Matrosen?«

»Das würde sie nie tun!«

»Nein?«

»Nein, Frau Rossmann hat dem männlichen Geschlecht – zumindest in sexueller Hinsicht – schon seit vielen Jahren abgeschworen, das wäre ein mittleres Wunder.«

»Im Urlaub tun wir alle Dinge, die wir zu Hause nie tun würden, lieber Paul. Meine Schwester, aber davon will ich lieber schweigen, also meine Schwester, die war gestern in dieser ›Roten Lagune‹. Bis nachts um vier. Ich möchte lieber nicht wissen, was sie dort so alles angestellt hat. Und Sie selbst wissen doch, lieber Paul, dass meine Schwester so etwas zu Hause niemals tun würde.«

»Ach, nicht?«

»Nein, Paul. Sicher nicht. Ähm, wahrscheinlich nicht.«

Der arme Paul bekam kaum einen Bissen des herrlichen Frühstücks hinunter. Frau Meier schon. Von Lachs bis

Erdbeeren, von Rührei bis Kaviar, von Schinken bis Croissant mit Himbeerfüllung. Alles kein Problem.

Kaum hatte sie ihre Gabel weggelegt, sprang Paul Uhlbein auch schon auf.

»Werteste, lassen Sie uns bitte mit dem Kapitän sprechen, bitte. Ich wäre froh, wenn Sie mich begleiten würden. Schlagen Sie mir diesen Wunsch nicht ab.«

»Na schön, Paul, wollen Sie denn gar nicht an Land?«

»Wie könnte ich, wie könnte ich? Unter diesen Umständen?«

Paul Uhlbein vermittelte den Eindruck eines aufgeschreckten Huhns. Er flatterte förmlich aus dem Frühstückssaal und ließ sich eine dringliche Audienz bei Kapitän Junghans vermitteln.

Frau Meier flatterte hinter ihm her, und wenig später saßen sie dem Kapitän an seinem großen massiven Schreibtisch gegenüber.

»Was kann ich für Sie beide tun, meine Lieben?«

»Frau Rossmann, meine Reisebegleitung, ist seit gestern Nachmittag verschwunden. Spurlos. Ich dachte, sie hätte sich vielleicht nur ein wenig ausgeruht, aber ich kann sie nirgends finden, und ihre Kabine macht sie auch nicht auf«, sprudelte es aus Paul Uhlbein nur so heraus.

»Hatten Sie Streit, Herr …? Wie war doch gleich der Name?«

»Uhlbein, Paul Uhlbein, nun Streit nicht direkt. Wir hatten eine kleine Meinungsverschiedenheit.«

»Bezüglich was?«

»Darüber möchte ich nicht sprechen.«

»Sie wissen schon, Herr Uhlbein, dass ich auf diesem Schiff hier alles bin. Legislative, Judikative und Exekutive. Es macht keinen Sinn, mir etwas zu verheimlichen. Ich kann Sie sofort an die marokkanischen Behörden ausliefern, wenn ich Zweifel an Ihrer Person habe. Marokkanische Gefängnisse gehören zu den schlimmsten der Welt.«

»Lieber Gott, ich habe ihr doch nichts getan! Was soll das?«

»Nun. Dann sagen Sie mir mal, um was es ging. Womöglich haben Sie sie über Bord geworfen!«

»Ich?«

»Ja, Sie, Herr Uhlbein!«

Nun hatte Frau Meier aber ganz entschieden das Gefühl, in die Geschehnisse eingreifen zu müssen. Dem armen Paul brach der kalte Angstschweiß aus, und irgendwie sah er überhaupt nicht mehr sehr gesund aus.

»Hören Sie, Herr Kapitän, wollen wir nicht erst einmal in Frau Rossmanns Kabine nach ihr suchen? So wie Sie reden, haben Sie sie offenbar ja schon abgeschrieben. Wer sagt denn, dass sie über Bord gegangen sein muss, sie kann ebenso gut mit einem Herzinfarkt in der Kabine liegen, und wir täten sehr gut daran, ihr schnellstmöglich zu helfen. Des Weiteren, geschätzter Herr Kapitän Junghans, ich selbst habe Frau Rossmann gestern noch quietschfidel dabei erwischt, wie sie zwei kleine Jungs dabei beobachtete, wie diese Bengel Brehms Tierleben studierten. Soweit ich das feststellen konnte, beschäftigten sich die zwei überaus eifrig mit einer Art Giraffe. Einer sehr eigenartigen Giraffe übrigens. Einen schier endlosen Hals hatte diese Giraffe. Wunderliche Anatomie, in der Tat. Und so wie es aussah, hätte zumindest einer dieser Jungs dort gar nicht sein dürfen, wo er sich aufhielt. Wahrscheinlich beide nicht. War ja schließlich das Personaldeck, auf dem sie zugange waren … aber ich habe mich da natürlich nicht einmischen wollen, nicht wahr?«

Der Kapitän war nicht schwer von Begriff, ein helles Kerlchen, und daher realisierte er sofort, dass er mächtig in der Klemme steckte. Die Erkenntnis, dieser Frau und ihren Beobachtungen mehr oder minder ausgeliefert zu sein, trieb ihm den Schweiß auf die Stirn.

»Ist gut, dann habe ich wohl etwas überreagiert, Frau Meier, wir schauen in der Kabine nach und sehen dann weiter. Ich werde das sofort an unseren Hoteldirektor delegieren. Sie hören von uns. Und Herr Uhlbein, es tut mir sehr leid, dass ich Sie so angefahren habe, meine Nerven liegen etwas blank, da wir hier seit gestern ein kleines Problem nautischer Art haben und des Weiteren bei jeder, wirklich jeder Reise ältere Damen solche Spielchen mit ihren hilflosen Begleitern spielen. Das nervt mitunter ein wenig. Ich habe Ihnen einen Schreck einjagen wollen, wollte Sie etwas auf den Arm nehmen. Sie waren ein Ventil meiner Aggression, das darf nicht passieren. Sie sehen mir das hoffentlich nach«, räusperte sich der Kapitän.

»Aber natürlich, Herr Kapitän, sehen Sie jetzt nur bitte ganz dringend nach Frau Rossmann, ich mache mir ernsthaft Sorgen.«

Nach zwei Stunden ertönte eine Durchsage durch alle Lautsprecher an Bord. Herr Uhlbein und Frau Meier wurden in das Büro des Kapitäns gebeten. Dort teilte man den beiden mit, dass Frau Rossmann einem Herzinfarkt erlegen sei. Ganz plötzlich. Der Schiffsarzt, der seltsamerweise eine enorme

Ähnlichkeit mit dem Kellner des Tea-Rooms hatte, nickte betroffen und übergab den Totenschein an Herrn Uhlbein.

»Kann ich sie sehen, Herr Doktor?«

»Nein, Herr Uhlbein, tun Sie sich das nicht an.«

»Meine Herren, ich bin Bestatter, Frau Rossmann ist meine Kundin, ich werde sie sowieso sehen, wenn ich sie bestatte.«

»Das wird nicht nötig sein. Das regeln wir kostenfrei alles hier an Bord. Wir haben eine geringe Anzahl an Särgen für solche Fälle. Wir stechen heute Abend wieder in See. Im Morgengrauen, sobald alle Formalitäten erledigt sind, geht Frau Rossmann von unserem Schiff aus über Bord. Kaltabreise sozusagen.«

»Das hätte sie niemals gewollt.«

»Doch, Paul«, wandte Frau Meier rasch ein und tätschelte liebevoll seinen Arm, »so kann sie bei ihrem Gatten sein. Glauben Sie mir, Paul, sie hätte es so gewollt. Schließen Sie mit dem Thema ab und vertrauen Sie dem Kapitän. Er ist ein Mann der Tat, das habe ich selbst schon erlebt, und wird alles daran setzen, die Sache ohne Probleme über die Bühne zu bringen. Sie nehmen einfach die Papiere mit und fertig. Entspannen Sie sich. Sie haben Urlaub, und auch hier gibt es Fachleute.«

Paul war wie betäubt. Wie konnte das nur geschehen sein? Ein Herzinfarkt, dabei war sie so überaus fidel gewesen.

»Ich hätte da noch eine Bitte, lieber Herr Kapitän«, blinzelte Frau Meier unschuldig, »könnten Sie noch eine Kleinigkeit mit in den Sarg legen? Etwas sehr Persönliches?«

»Nun, wenn es keinen Zentner wiegt.«

»Nein, nur eine kleine Schatulle, mehr nicht. Aber deren Inhalt lag Frau Rossmann zu Lebzeiten sehr am Herzen. Würden Sie uns diesen kleinen Gefallen tun?«

»Dann sollte das wohl kein Problem darstellen. Bringen Sie unserem neuen Schiffsarzt doch bitte die Schachtel vorbei, er erledigt dann alles Weitere.«

»Gerne, ich kümmere mich darum, und wir sehen uns morgen früh um fünf, um Abschied von Frau Rossmann zu nehmen.«

»Wir werden das in Würde über die Bühne gehen lassen. Sehr diskret. Wenn auch ich Sie um Diskretion bitten dürfte, liebe Frau Meier.«

»Aber selbstverständlich, Herr Kapitän.«

38. SARG OHNE LEICHE

Am nächsten Morgen, pünktlich um fünf Uhr, wurde Frau Rossmann, oder vielmehr das, was manche für Frau Rossmann hielten, beigesetzt. Nur wenige wussten, dass der Sarg, bis auf die Schatulle mit Herrn Rossmanns Asche, die ja der eigentliche Gegenstand dieser Reise gewesen war, leer war. Dennoch stand den sechs Matrosen, die ihn trugen, der Schweiß auf der Stirn. Die wenigen Gäste, also Marie, Frau Meier und Herr Uhlbein, standen ein wenig verloren an der Bordwand. Der schwere Zinksarg, der ein mickriges Blumengebinde aus allem möglichen Unkraut aufgeschnallt bekommen hatte, wurde feierlich zu Wasser gelassen. Eine kleine Gruppe Matrosen sang ein seltsames Lied, das unter normalen Umständen sicherlich nie im Leben den Sprung zu einem Beerdigungsevergreen geschafft hätte, aber egal. Frau Rossmann und Gatte wohnten jetzt bei Neptun und den Fischen, und Paul Uhlbein hatte ein Problem weniger. Na ja, eigentlich zwei.

Beim gemeinsamen Frühstück wollte nicht so recht Stimmung aufkommen. Marie versuchte ihr Bestes, indem sie kleine Anekdoten aus der »Roten Lagune« von sich gab, aber bei so was verstand Paul Uhlbein einfach keinen Spaß. Er legte seine Serviette beiseite und entschuldigte sich. Man sollte ja nicht meinen, dass ein Bestatter derart schwer an einer simplen Beerdigung zu knabbern hätte.

Gegen Nachmittag tauchte der trauernde Totengräber wieder auf und fragte Frau Meier, ob sie nicht vielleicht die Reise gemeinsam mit ihm an dieser Stelle abbrechen wollte. Er würde ihr den Flug von Spanien zurück spendieren und sich freuen, wenn sie ihm diesen Gefallen erweisen würde. Frau Meier war verdutzt, aber dennoch dieser Idee gegenüber gar nicht so abgeneigt. Die Reise hatte ihr unter den bisherigen Umständen ohnehin nicht so viel Vergnügen bereitet, wie sie gehofft hatte, und seit Marie sich so prächtig mit einem gewissen Rudi aus der »Roten Lagune« verstand, hatte sie ohnehin kaum mehr ein vernünftiges Wort mit ihrer Schwester wechseln können.

Und irgendwie sehnte sich Frau Meier trotz allem nach ihrem Sofa und der gewohnten Umgebung. Eine Kreuzfahrt war vielleicht doch nicht so recht nach ihrem Geschmack.

»Sie wissen aber schon, lieber Paul, dass Sie mich hier bitten, meinen teuren Urlaub abzubrechen?«

»Ich weiß, ich weiß, aber ich werde mich dafür in jeglicher Form erkenntlich zeigen, das verspreche ich Ihnen, meine Liebe.«

»Na dann machen Sie sich aber darauf gefasst, lieber Paul, dass das nicht billig für Sie wird, das wiederum verspreche ich Ihnen.«

»Für meine Teuerste ist mir nichts zu teuer.«

»Oh, Paul, Sie alter Schmeichler!«

39. DER SAPHIR VON SEVILLA

Marie wunderte nichts mehr. Jetzt wollte ihre Schwester also plötzlich abreisen, na egal. Sie hatte in den letzten paar Tagen so viele neue Dinge gesehen, kennengelernt und verstanden, dass ihr keine Irrung und Wirrung mehr fremd erschien. Sie akzeptierte Frau Meiers Entschluss ohne Murren, und obwohl sie selbst das Schiff noch nicht einmal für eine Minute verlassen hatte, schien sie die Welt, die große, weite, nun mit völlig anderen Augen wahrzunehmen.

Nie zuvor war ihr klar geworden, dass man auch ohne großartige Arbeit reich werden konnte. Sie hatte bereits heute, am vierten Tag ihrer Seereise, ihr Auftragsbuch an Bestellungen für Höschen und drumherum so voll wie sonst nicht in einem Jahr. Das komplette weibliche Schiffspersonal hatte Bestellungen aufgegeben, nachdem in der »Roten Lagune« eine der Damen ein Ensemble von Maries Wäsche vorgeführt hatte. An der Stange und teilweise sogar auf einem Seil über den Köpfen der Klubbesucher.

Die Chefs der »Roten Lagune« hatten ebenfalls geordert, und zwar von jedem Outfit einmal Größe 34 bis 50. Sie war reich! Marie Scharrenberger hatte es geschafft. Das nächste Jahr war jetzt schon gerettet, auch ohne Erhöhung der spärlichen Witwenrente.

Frau Meier hingegen ging tatsächlich noch am selben Nachmittag mit dem Bestatter Paul Uhlbein in Sevilla von

Bord. Paul hatte ein wunderbares Fünfsternehotel für sie beide gebucht. Eine Suite mit zwei Schlafzimmern, Whirlpool auf der eigenen Terrasse und keinem Limit für die Minibar. Frau Meier war begeistert. Alles schien ihr wie ein Traum. Ein Traum mit guten und schlechten Momenten. Aber nun war eindeutig die Zeit für die guten, die erlesenen Augenblicke.

Der Flug zurück nach Deutschland ging erst am darauffolgenden Nachmittag, und so schlenderten Paul Uhlbein und Frau Meier gegen Abend durch die Straßen dieser wunderbaren und lebensfrohen spanischen Stadt.

Vor einem Juwelier, der besonders exklusiv und extrem teuer aussah, blieb Paul plötzlich stehen.

»Meine liebe Frau Meier«, sagte er sanft und sah ihr dabei so tief in die Augen, dass er eigentlich schon fast am Hinterkopf Löcher in ihren Schädel gebrannt haben musste, »erlauben Sie mir, dass ich Ihnen ein Schmuckstück aussuche. Als Zeichen meiner unschätzbaren Dankbarkeit.«

»Och Paul, da sag ich nicht Nein, wenn Sie das unbedingt wollen, dann gerne.«

Also zog der Bestatter sie in das Geschäft, wo ein smarter allerdings vielleicht etwas zu dünn geratener Juwelier mit breitem Grinsen offenbar bereits auf die beiden gelauert hatte.

In bestem Spanisch, soweit Frau Meier das beurteilen konnte, orderte Paul eine Palette mit kostspieligen Anhängern, die der Juwelier auf schwarzen Samttüchern drapierte.

Einer schöner als der andere, funkelten sie um die Wette.

Paul bewies erneut Geschmack. Direkt und ohne auch nur einen Moment zu zögern, griff er nach einem unsagbar blaugrün schimmernden Saphir. Eine solche Farbe hatte Frau Meier noch nie gesehen.

Erneut schleuderte Paul spanische Wörter durch die Gegend. Was für eine harte Sprache Spanisch doch eigentlich war. Der Juwelier gestikulierte, holte eine goldene lange Kette hervor und zog den Anhänger auf. Mit gekonnten Griffen legte er Frau Meier die Kostspieligkeit um den Hals. Beide Männer traten wie auf Kommando einen Schritt zurück und nickten zustimmend.

Frau Meier betrachtete sich prüfend im Spiegel. Auf ihrer leicht gebräunten Haut kam das Schmuckstück wunderbar zur Geltung und betonte ihr Dekolleté in ganz besonderem Maße. Sie fand sich wunderschön und die Kette natürlich ebenfalls.

Paul stand bereits mit dem Juwelier an der Kasse und unterschrieb die Kreditkartenabrechnung, ohne auch nur im Geringsten mit der Wimper zu zucken.

»Meine Liebe, lassen Sie die Kette gleich dran. Sie sehen umwerfend aus. Und zu Ihrem türkisblauen Kleid, das Sie gestern mit so viel Würde getragen haben, wird sie auch ganz wunderbar passen.«

Das ließ sich Frau Meier nicht zweimal sagen. Vielleicht ein wenig zu hochmütig nickte sie dem Juwelier zum Abschied zu und hakte sich bei Paul Uhlbein unter.

»Besten Dank, lieber Paul, das wäre wirklich nicht nötig gewesen, aber dennoch, aufrichtigen Dank, Sie haben mir eine wirklich sehr große Freude gemacht.«

»Dann ist ja gut, das war ich Ihnen auch schuldig, liebe Frau Meier. Sie müssen mir nur versprechen, dass Sie immer, wenn Sie dieses Schmuckstück tragen, auch ein wenig an mich denken. Ginge das?«

»Aber natürlich, Paul, das verspreche ich Ihnen. Ich hoffe nur, dass sich mal eine Gelegenheit bietet, eine solche Kostbarkeit auszuführen. Auf meinem Sofa würde das vielleicht ein wenig overdressed wirken, nicht wahr?«

»Sicher. Aber auch für diese Gelegenheiten werde ich künftig sorgen, das verspreche ich Ihnen, so wahr ich Bestatter in der fünften Generation bin.«

»Ihr Geschäft muss ja unglaublich gut laufen, lieber Paul, wenn Sie solche Versprechungen machen können?«

»Nun, gestorben wird ja immer, und ich habe in der Tat einen sehr guten Ruf. Da bleibt der Erfolg nicht aus.«

»Aber Paul, macht es Ihnen denn gar nichts aus, den ganzen Tag mit dem Tod Seite an Seite zu stehen?«

»Nein, der Tod gehört dazu. So wie das Leben, das Lieben und, ach ja, das Essen. Darf ich Sie zu einer ganz besonderen spanischen Spezialität einladen? Criadillas de Choto? Kennen Sie das?«

»Nein, nicht wirklich, klingt aber sehr lecker und exotisch. Prima, dann machen wir das.«

Paul traf eine gute Wahl. Ein kleines Spezialitätenrestaurant mit hervorragender Weinkarte. Frau Meier ließ Paul die Bestellung aufgeben und lehnte sich sehr entspannt zurück.

Wer hätte das gedacht, dass sie, Frau Meier aus Bamberg eines Tages in einem kleinen Restaurant mitten in Sevilla sitzen würde und mit Genuss Criadillas de Choto verspeisen würde?

»Paul, Sie sind ein Schatz, danke für diese Erfahrung. Das Essen war wirklich köstlich. Verraten Sie mir jetzt, was diese Criadillas de irgendwas eigentlich sind?«

»Oh, meine Liebe, ich glaube, das möchten Sie gar nicht wissen.«

»Ach, Paul, nun seien Sie mal kein Spielverderber, ich bin schon groß, ich verkrafte das schon. Waren es vielleicht Nierchen? Die haben wir früher immer gegessen. Da habe ich wirklich kein Problem damit, ich bin ein Nachkriegskind.«

»Nierchen, nein, meine Liebe, Nierchen waren es nicht.«

»Paul, nun spannen Sie mich nicht länger auf die Folter!«

»Na schön, Criadillas de Choto sind so etwas wie Prärieaustern, nur vom Ziegenbock.«

»Austern vom Ziegenbock? Wie kommt denn der Ziegenbock ins Meer?«

»Nicht ins Meer, Frau Meier, Prärieaustern nennt man die Hoden des Stieres, dies waren die Hoden des Ziegenbocks. Sehr gesund, wirklich sehr.«

40. AM SCHÖNSTEN IST ES ZU HAUSE

Auch bei der Buchung des Fluges zurück nach Deutschland hatte sich Paul Uhlbein nicht lumpen lassen. Erste Klasse sowohl im Flieger als auch bei der anschließenden Heimfahrt nach Bamberg mit der Bahn. Frau Meier war beeindruckt. Sie konnte sich nicht erinnern, dass jemals zuvor ein Mensch derart auf ihr Wohl und ihre Bequemlichkeit bedacht gewesen war. Und vor allem die Bequemlichkeit war ein Punkt, auf den Frau Meier enorm viel Wert legte.

Als sie am Bahnhof in ein Taxi stiegen, hielt Paul Uhlbein ihr höflich die Tür auf und setzte sich neben sie auf die Rückbank. Fast schüchtern nahm er ihre Hand, und sie ließ es zu, ohne auch nur mit der Wimper zu zucken. Ein wenig Händchenhalten hatte der gute Paul sich nach all dem, was sie in den letzten Tagen miteinander erlebt hatten, wirklich verdient.

»Darf ich Sie morgen anrufen, Frau Meier?«

»Gerne, sehr gerne. Aber nicht vor zehn, ich möchte ein wenig ausschlafen.«

»Gut, dann melde ich mich am späten Vormittag. Sie kommen zu Hause jetzt alleine klar, oder soll ich noch bei Ihnen bleiben?«

»Nein, ich komme klar, fahren Sie mal schön nach Hause, ich bin jetzt auch wirklich geschafft und froh, wenn ich mein Sofa sehe.«

Dass sie nicht nur ihr Sofa, sondern auch noch die neueste Folge der »Verbotenen Liebe« sehen wollte, verschwieg sie ihrem heißen Verehrer jedoch. Gewiss waren solche Sendungen nicht nach Paul Uhlbeins Geschmack. Und bei dem Titel käme er womöglich noch auf ganz seltsame Gedanken.

Kaum zu Hause, warf sie ihre Koffer ins Schlafzimmer, schleuderte die hübschen, aber unbequemen Schuhe durch den Flur und ließ sich auf ihr Sofa fallen. Die Fernbedienung in der Hand, steuerte sie sich gekonnt durch den Dschungel des Vorabendprogramms.

Erst die Tagesschau verschaffte ihr schließlich eine kurze Pause, um sich eine Dose Erbsensuppe warm zu machen und diese genüsslich aus dem Topf zu löffeln, während der Vorspann zum Film um Viertel nach acht lief.

Seezungenröllchen hin, Eisbombe her, auch so eine Suppe aus der Dose und dazu ein richtig eiskaltes Kellerbier hatten ihre Vorzüge. Man konnte wenigstens die Beine dabei hochlegen und musste sich nicht ständig in feinen Zwirn werfen. Herrlich.

Ach ja, zu Hause ist es doch einfach am allerschönsten, dachte sich Frau Meier, und kaum hatte sie ihr Gläschen Bier ausgetrunken, fielen ihr auch schon die Augen zu, während Rosamunde Pilcher in Cornwall ihre Protagonisten in Liebe und Leid bis zum Erguss, aber dafür in Farbe über den Bildschirm jagte.

41. SWEET DREAMS

Frau Meier schlief unruhig. Sehr unruhig. Wilde Träume fegten durch ihren Kopf. Sie war wieder auf dem Schiff und sah über die Reling. Unter ihr, auf dem Deck, befand sich ein Zoo mit Elefanten, Tigern, Eisbären und Giraffen. Mitten unter ihnen saß Frau Rossmann und fütterte einen Tiger mit Bananen, und auf ihrer Schulter saß ein Rabe. Ein schreckliches Vieh, schwarz mit endlos langem Schnabel. Der Rabe schrie in ihre Richtung, und als Frau Rossmann sich umdrehte und zur Giraffe hochblickte, hatte sie anstelle der Augen, rote, glühende Kohlenstückchen. Dann streckte Frau Rossmann ihr dünnes, aber plötzlich immer länger werdendes Ärmchen in die Luft und schnappte sie an der Gurgel.

In diesem Moment schreckte sie hoch und fasste sich spontan an den Hals. Alles in Ordnung. Das Telefon schrie durch die Wohnung. Sie brauchte einen Moment, bis sie realisierte, wo sie war und dass es lediglich das Klingeln des Telefons war, das sie geweckt hatte.

Sie räusperte sich kurz.

»Meier.«

»Svenson, hallo, Mama, ich bin's!«

»Woher weißt du denn, dass ich wieder hier bin?«

»Tante Marie hat mir eine SMS geschrieben. Ich wollte nur hören, ob bei dir alles in Ordnung ist. Warum in aller Welt hast du denn diese schöne Reise abgebrochen?«

»Wegen Paul Uhlbein. Ihm ging es nicht so gut. Eine seiner Kundinnen ist gestorben.«

»Na, entschuldige mal, Mama, das liegt ja wohl in der Natur der Sache, dass ausgerechnet seine Kunden sterben. Damit verdient der Mann sein Geld!«

»Ja, nicht so, dieses Mal war es anders, aber ich möchte da gar nicht drüber reden. Das ist Pauls Sache. Ich habe ihn nur begleitet, weil für mich so ein Schiff einfach nichts ist. Da sind nur Paare und so viele alte Leute, alle wollen nur ihren Spaß, und das manchmal auf sehr seltsame Art und Weise, also, ich weiß nicht, mein Traumurlaub war das jedenfalls nicht.«

»Nicht? Ich wäre froh, wenn ich mal ein wenig rauskäme. Völlig egal, wohin, Hauptsache Sonne, Ruhe und Meer.«

»Na ja, komm erst mal in mein Alter, dann kannst du dir solche Dinge auch leisten.«

»Ach, Mama. Du, ich habe Neuigkeiten: Marie wird Oma, Sarah ist schwanger!«

»Oh nein, von wem denn?«

»Von Manni aus der Geisterbahn.«

»Was?«

»Ja, von Manni aus der Geisterbahn. Oktoberfest. Da jobbt sie doch. Und da muss es wohl beim Aufbau schon irgendwie passiert sein. Soll Anfang Mai geboren werden, das kleine Würmchen.«

»Woher weißt du das denn? Die wohnt doch ewig weit weg, du wirst ihr ja wohl kaum über den Weg gelaufen sein?«

»Nein, das nicht, aber ich habe einen neuen Freund. Der kommt auch aus München und ist Journalist. Er macht eine Reportage über das Oktoberfest. Vom Aufbau bis dann im Oktober zum Abbau. Und dabei hat er Manni kennengelernt. Der ist wahnsinnig stolz auf seinen baldigen Nachwuchs, und das hatte Tom mitbekommen. Also, Tom, das ist er, mein neuer Freund. Ein richtiges Schlüsselthema dieser Reportage wird nun, dank Sarah und Manni, auch das Leben und Sterben auf der Wiesn sein. Cool, oder?«

»Bei der Zeugung war er aber hoffentlich nicht live dabei, dein Tom?«

»Nein, das nicht, aber das kann man ja nachstellen.«

»Was?«

»Na, nachstellen, das kommt im Fernsehen.«

»Oh Gott, weiß Marie schon davon?«

»Nein, ich habe ihr nichts gesagt. Ich habe nur das Material gesichtet und kann dir versprechen: Wenn Mannis Aussehen und ihr Intellekt da zusammenkommen, dann brauchen die keine Pappfiguren mehr in der Geisterbahn und werden trotzdem steinreich, weil's so gruselig ist.«

»Mensch, Gina, jetzt sei mal nicht so gemein, irgendwas wird Sarah ja wohl an ihm finden.«

»Die Frage ist nur, wo sie danach gesucht hat, augenscheinlich kann ich nämlich nichts erkennen. Nicht mal einen guten Charakter hat dieser Manni, denn Tom hat ihn hinter dem Klohäuschen schon mit einer Kellnerin aus dem Augustinerzelt erwischt.«

»Ach du Scheiße, wenn Marie das erfährt. Dann bricht sie völlig zusammen. Und das dann alles auch noch im Fernsehen!«

»Ja, das wird ein Knaller, Tom hat wirklich ein Händchen für so was. Ach, er ist überhaupt so süß, Mama.«

»Und wo hast du den her? Auch aus der Geisterbahn?«

»Nein, im Internet bestellt.«

»Was?«

»Ja, ich kenne ihn aus dem Internet.«

»Da sind doch nur lauter Perverse!«

»Nein, das stimmt gar nicht. Tom ist ein toller Typ, und er ist echt sexy. Der einzige Haken ist, dass er ein Toupet trägt. Das finde ich etwas seltsam, aber vielleicht gewöhne ich mich ja noch daran.«

»Nicht dein Ernst, oder?«

»Nein, Scherz. Aber er hat echt keine Haare mehr.«

»Eine Glatze? Ist das ein Nazi?«

»Nein, nur einer mit zu viel Testosteron.«

»Dann pass mal auf, dass der dir nicht auch noch einen Braten in die Röhre schiebt.«

»Mama!«

»Na, ist doch wahr, das kannst du jetzt echt nicht gebrauchen. Du musst mal wieder richtig Geld verdienen.«

»Na, aber ich verdiene doch Geld! Mein Geschäft läuft prima, ich kann meine Rechnungen zahlen, den Strom, das Auto und außerdem habe ich doch noch zwei Nebenjobs, wie viel soll ich denn noch arbeiten?«

»Einfach nur etwas Vernünftiges. Ich habe mein Leben lang gearbeitet, seit ich 14 war.«

»Ja, aber überlege mal, wie lange du nun schon im Ruhestand bist. War das nicht mit 40, als du aufgehört hast?«

»Ich bin schließlich krank und außerdem habe ich immer gutes Geld verdient. Mit einem Job, nicht mit dreien!«

»Schon gut, ich wollte dir ja nur das mit Sarah sagen.«

»Ja, habe ich zur Kenntnis genommen.«

»Okay, Mama, dann hab noch einen schönen Abend.«

»Nacht!«

Müde und irgendwie schockiert ging Frau Meier ins Bad, putzte sich die Zähne, mächtig stolz darauf, dass es nicht die Dritten waren, und zog sich ihr Nachthemd an. Im Spiegel sah ihr nun schon wieder die alte Frau Meier entgegen. Nicht mehr die Dame von Welt mit dem Saphir ihres Verehrers um den Hals.

Sie grub ihre Finger tief in die Dose mit der extra reichhaltigen Nachtcreme und trug diese einen halben Zentimeter dick auf ihr Gesicht auf.

Manni aus der Geisterbahn … sie glaubte es einfach nicht. Was heutzutage nur in den jungen Leuten vor sich ging. Das hätte es zu ihrer Zeit nicht gegeben.

42. STIL UND KLASSE

Am nächsten Morgen schien Frau Meier die Welt schon wieder etwas freundlicher gesonnen. Sie schlief bis um halb elf, stellte überrascht fest, dass ihre Cremeschicht über Nacht extrem gute Arbeit geleistet hatte und draußen auch noch die Sonne schien. Kaum war sie im Bad fertig, klingelte auch schon wieder das Telefon. Vorsichtig sah sie auf das Display, denn ein Telefonat mit ihrer Tochter war das Letzte, worauf sie jetzt Lust hatte.

Aber nein, es war das Bestattungsinstitut »Ruhe sanft«.

»Guten Morgen, Paul, wie schön, dass Sie anrufen, haben Sie gut geschlafen, mein Bester, auch ohne mich?«

»Sekunde bitte, hier spricht Melanie Ruge, die Sekretärin von Herrn Uhlbein, ich verbinde Sie.«

»Uhlbein.«

»Meier.«

»Guten Morgen, meine Liebste, haben Sie schon aus dem Fenster gesehen, die Sonne habe ich extra für Sie bestellt, Frau Meier. Als Dankeschön, dass Sie mit mir wieder in unser schönes Bamberg gekommen sind. Na, wie habe ich das gemacht?«

»Prima. Danke«, grummelte Frau Meier und ärgerte sich über ihre eigene Spontanität. Wer war dieser Paul nur, dass er nicht einmal selbst anrufen konnte, sondern seine Sekretärin vorschickte. Der Papst, oder was? Wie peinlich das doch eben war.

»Alles klar, Frau Meier?«

»Jaja.«

»Wirklich?«

»Ja!«

»Also, ich wollte Sie fragen, ob Sie mir heute eventuell bei einer etwas schwierigen Kundschaft helfen könnten? Haben Sie eigentlich schon einmal darüber nachgedacht, ob Ihnen die Arbeit in meiner Branche nicht vielleicht auch Freude bereiten könnte?«

»Freude?«

»Nun, Freude, das ist wohl nicht das passende Wort. Ich meine, könnten Sie sich vorstellen, hier mit mir gemeinsam zu arbeiten?«

»Arbeiten? Ich? Ich bin seit fast 20 Jahren in Frührente wegen meines Rückens. Sie glauben doch nicht im Ernst, dass ich nun plötzlich gemeinsam mit Ihnen ein paar Leichen durch die Gegend wuchten könnte?«

»Nein, dafür haben wir Personal, Frau Meier. Aber Sie sind eine Frau mit so viel Geschmack und Einfühlungsvermögen. Ich könnte mir gut vorstellen, dass Sie hier in beratender Tätigkeit eine wahre Perle wären.«

»Perle? So nennt man Putzfrauen! Wollen Sie, dass ich Ihre Perle werde und Ihnen auch noch den Haushalt auf Vordermann bringe, Paul? Was denken Sie sich heute Morgen eigentlich?«

»Frau Meier, jetzt mal ganz langsam. Ich suche eine Dame, die hier die Beerdigungen gemeinsam mit mir organisiert. Musik, Blumen, Sargauswahl, Leichenschmaus. Nichts Anstrengendes, nur Dinge, die niemand besser könnte als Sie. Sie sprühen doch nur so vor Ideen. Sie haben Stil und Klasse, und genau das ist es, was die Menschen sich für eine perfekte Beerdigung wünschen. Stil und Klasse.«

»Aha.«

»Wir können heute gleich mal probieren, ob Sie Lust dazu haben. Selbstverständlich gegen Honorar.«

»Aber echtes Honorar, keine Saphiranhänger oder Ziegenbockhoden.«

»Nein, Geld. Richtiges Geld.«

»Bar. Cash.«

»Auch das, wenn Sie wünschen. Ich hätte es sonst auf Ihr Konto anweisen lassen.«

»Nein, bar. Womöglich will ich anschließend nie wieder etwas mit Ihnen zu tun haben und bekomme mein Geld nicht, nein, nein. Nur Bares ist Wahres.«

»Schön, dann sind wir jetzt verabredet. In einer Stunde vor der Pathologie im Klinikum.

Ziehen Sie sich etwas Dunkles an und schauen Sie mir einfach erst einmal über die Schulter. Die Organisation dieser Beerdigung führen Sie im Anschluss daran hier in unserem Institut bereits federführend aus. Ich greife nur ein, wenn etwas unmöglich wird, das Sie vorschlagen.«

»Okay, dann in einer Stunde.«

»Ich freue mich auf Sie, meine Beste. Sie werden sehen, diese Aufgabe ist wie gemacht für Sie.«

43. PHILOSOPHIE IN DER PATHOLOGIE

Frau Meier war tatsächlich pünktlich, was sonst nicht unbedingt ihrer Art entsprach. Seit ihr Hans gestorben war, spielte Zeit für sie nicht mehr die große Rolle. Aber heute lag sie absolut gut im Plan.

Paul Uhlbein, im schwarzen Anzug und mit dezenter zartrosa Krawatte, küsste ihr zur Begrüßung die Hand.

»Danke, meine Liebste, dass Sie gekommen sind. Vorab ein paar Fakten. Gestorben ist Leopold Fischer, 72 Jahre, Gewicht 93kg, das ist wichtig wegen der Stabilität des Sarges, Größe 179 cm. Die Witwe, Frau Luise Fischer, wird in wenigen Minuten hier sein. Die finanziellen Möglichkeiten der Fischers sind durchschnittlich bis unterdurchschnittlich. Die gesamte Feier wird also mehr hermachen müssen, als sie schlussendlich kosten wird. Ah, da kommt sie schon, die Frau Fischer.«

Paul Uhlbein verbeugte sich leicht vor Frau Fischer, einer durchaus noch attraktiven Frau Mitte 60, und kondolierte mit ernst gemeintem Bedauern in der Stimme.

»Frau Fischer, wenn ich Ihnen Frau Meier vorstellen dürfte, sie steht mir heute zur Seite, und ich verspreche Ihnen, bei uns sind Sie mit Ihrer Trauer in besten Händen.«

»Danke«, schluchzte die frisch gebackene Witwe und reichte Frau Meier ihre kalte und feuchte Hand.

Frau Meier nahm diese mit beiden Händen und streifte danach leicht mit ihrer Rechten über den Oberarm von Frau Fischer.

Körperkontakt ist wichtig, dachte sie sich und fühlte sich zurückversetzt in selbige Situation, als sie damals mit Herrn Uhlbein an dieser Stelle stand und darauf wartete, ihren Hans noch einmal sehen zu können. Das Gefühl von Mitleid mit Frau Fischer war vollkommen echt und ganz real. Langsam dämmerte ihr, was Paul Uhlbein mit ihr vorhatte und warum er gerade sie gefragt hatte, ob sie für ihn arbeiten wolle.

Gemeinsam betraten sie den Gedenkraum in der pathologischen Abteilung der Klinik. Dort lag Herr Fischer aufgebahrt und noch im Pyjama, den er im Klinikum bereits getragen hatte, inmitten des Raumes. Kerzen brannten, und im Hintergrund war eine ganz leise, aber beruhigende Musik zu hören. Das war ihr damals gar nicht aufgefallen.

Frau Fischer trat zu ihrem Mann und streichelte vorsichtig die gefalteten Hände. Dabei liefen ihr die Tränen in Bächen über die Wangen.

»Dieser Krebs, dieser verdammte Krebs!«, schluchzte sie.

Frau Meier reichte ihr diskret ein Taschentuch. Aus Stoff, nicht so ein billiges Kleenex. Frau Fischer nahm es dankbar an.

»Wenn Sie einen Moment alleine mit Ihrem Gatten sein mögen, dann ziehen wir uns gerne zurück«, hörte Frau Meier sich selbst sagen.

Die Witwe nickte stumm, und Paul Uhlbein sah Frau Meier bewundernd an. Gemeinsam verließen sie den Gedenkraum.

Kurz darauf kam Frau Fischer ihnen nach und hakte sich bei Frau Meier unter.

»Alles klar, Frau Fischer? Es mag hart klingen, aber wir alle müssen gehen. Trauern Sie nicht um das, was man

Ihnen genommen hat, danken Sie lieber für das, was Sie gemeinsam hatten. Danken Sie für jeden guten Tag, für jedes Lachen, für jedes kleine Glück.«

Frau Fischer sah sie mit großen Augen an.

»Das werde ich versuchen, Frau Meier, danke.«

»Wir gehen nun die paar Schritte in unser Institut. Atmen Sie ruhig durch, Sie brauchen jetzt alle Kraft der Welt, und nur wenn Sie schön gleichmäßig atmen, gewährleisten Sie, dass Ihr Körper Ihnen nicht seinen Dienst versagt. Glauben Sie mir, Frau Fischer, ich weiß das aus eigener Erfahrung. Ich stand vor einigen Monaten selbst hier.«

Das war der Schlüsselsatz, der Paul Uhlbein in den kommenden zwei Stunden nahezu überflüssig machte.

Frau Meier agierte in Paul Uhlbeins Büro, als hätte sie ihr ganzes Leben lang nie etwas anderes getan, als Särge mit Zudecken, Trauergestecke und Totenhemden zu verkaufen. Pauls Geschäft war aber auch bestens durchorganisiert. Überall waren gut übersichtliche Preislisten und Schilder angebracht. Eine Art vorgedruckter Programmablauf half ihr, auch nicht die geringste Kleinigkeit unerwähnt zu lassen.

Am Ende hatte Frau Meier eine Eins-a-Beerdigung organisiert, die wunderbar mit dem Budget von Frau Fischer harmonierte. Und beim Abschied brachte die Witwe sogar ein Lächeln zustande.

»Unglaublich, Frau Meier«, schüttelte Paul Uhlbein den Kopf, »Sie sind ein Naturtalent! Ich habe ja fast gestört mit meiner Anwesenheit. Frau Meier, das ist Ihre Berufung. Sie sind einfach genial!«

»Tja, lieber Paul. Und Sie werden es nicht glauben, es hat sogar Spaß gemacht. Also, wenn man da von Spaß reden darf. Ich glaube, Sie haben in mir etwas entdeckt, worauf ich selbst nie gekommen wäre. Nicht nur Frau Fischer hat heute Trost durch mich bekommen, sondern auch ich habe Trost für meine eigene Trauer gespürt. Ist das nicht seltsam? Jedenfalls will ich mehr davon. Wann kommt die nächste Leiche?«

44. ZWIEBELKUCHEN UND WESPENTAILLE

Auf die nächste Leiche musste Frau Meier gar nicht lange warten. Sie fiel ihr mehr oder weniger direkt vor die Füße.

Als sie sich auf den Weg nach Hause machte, schaute sie noch kurz bei der Bäckerei Mohn vorbei, wo es den himmlischsten Zwiebelkuchen der Stadt gab. Was war so ein Herbst ohne einen anständigen Zwiebelkuchen mit Kümmel und tüchtig Käse. Dazu ein eiskalter Federweißer. Ein Traum!

Frau Meier hatte Glück. In der Theke lagen genau noch zwei Stücke, als hätten sie auf sie gewartet. Saftig und deftig. Zwar nichts für eine Wespentaille, aber ihr lief das Wasser nur so im Mund zusammen. Blöderweise war vor ihr ein Herr, der eine gewisse Ähnlichkeit mit einem Ferkel hatte und sich einfach nicht entscheiden konnte, was er in seinen kugelrunden Bauch nun eigentlich hineinstopfen wollte. Erst wollte er Hefezopf, wechselte dann aber zu Bienenstich und schien nun eines seiner Schweinsäuglein direkt auf die zwei Stücke Zwiebelkuchen geworfen zu haben.

Frau Meier wurde schon ganz unruhig und versuchte, der Verkäuferin Zeichen zu geben, die beiden Stücke für sie zur Seite zu legen. Die reagierte aber absolut nicht und schien mächtig genervt von Herrn Ferkel zu sein.

Aber wenn du denkst, es geht nicht mehr, kommt von irgendwo ein Wesplein her. Welch ein Glück! Ein riesiges Wespentier erhob sich wie von Geisterhand aus der

Kuchentheke und nahm direkt Kurs auf das Ferkel. Ein lautes Summen ertönte neben Herrn Ferkels Kopf, und er wurde durch das Geräusch so panisch, dass seine feisten, dicken Arme hektisch in der Luft herumfuchtelten. Das wiederum gefiel der Wespe aber absolut nicht, und sie wollte ein für alle Mal klarstellen, wer hier der Boss war. Sie fuhr ihren giftigen Stachel aus und stach wild um sich. In Ferkels Kopf, seine Arme, die Beine, den Bauch …

Das Ferkel schrie ohne Unterlass und tanzte durch die Bäckerei wie ein Eingeborener, der sich in Trance hüpft. Das mit der Trance nahm er aber offenbar ein wenig zu ernst, denn nach wenigen Sekunden stürzte er zu Boden. Die Lippen geschwollen, als hätte er sie sich aufspritzen lassen, den Kopf mit kaltem Schweiß bedeckt röchelte er nach Luft. Die wollte aber partout nicht in seine Lunge finden.

Frau Meier zückte ihr Handy und rief den Notruf. Sehr professionell gab sie die Daten durch und wies die Verkäuferin an, einen kalten Lappen auf die Schwellungen zu legen, aber keinesfalls, bevor sie nicht die zwei Stück Zwiebelkuchen für sie zurückgelegt hätte. Die Verkäuferin tat, wie ihr geheißen, und rettete zuerst den Kuchen. Leider war es für Herrn Ferkel dann aber schon zu spät.

Sein Gesicht war zu einem Krapfen aufgeschwollen, und die Schweinsäuglein schienen anklagend fast aus ihren Höhlen herausfallen zu wollen. Kein schöner Anblick so kurz vor dem Abendessen. Wahrhaftig nicht, aber sie hatte neue Kundschaft, und das war doch auch gar nicht so übel, oder?

Sie rief Paul Uhlbein auf dem Handy an und schilderte die Situation, und so kam es, dass Paul mehr oder minder gleichzeitig mit dem Notarzt an der Unglücksstelle eintraf. Wie praktisch sie doch veranlagt war, denn die Rettungskräfte konnten hier wahrhaft nicht mehr tun, als den Tod von Herrn Ferkel festzustellen. Wespenallergie. Der Arme aber auch.

45. PETRI HEIL!

Paul Uhlbein war begeistert von seiner Frau Meier und ihrem feurigen Engagement. Sie brachte ihm nicht nur Entlastung bei der Vorbereitung von Beerdigungen, sondern – nun ja – akquirierte diese sogar. Unglaublich, diese Frau. Ein Rasseweib! Und sie schien wirklich ein Händchen für den rechten Zeitpunkt zu haben, denn Herr Ferkel war offenbar nur der Anfang.

In den Tagen bis zu Herrn Fischers Beerdigung brachte Frau Meier ihm noch zwei weitere Leichen. Hatte sie gefunden. Einfach so. Beim Hainspaziergang, direkt an der Regnitz.

Es waren zwei Angler, denen ihre Vorliebe für Fisch tatsächlich absolut nicht bekommen war. Junggesellen. Zwei Brüder. Und so wie es aussah, waren beide an selbst gemachten Fischfrikadellen erstickt, denn aus den Resten der Fischklopse stachen so viele stachelige Gräten hervor, dass man glatt an ein Nadelkissen hätte denken können. Männer und kochen, was wollte man dazu schon sagen.

Allerdings ermittelte in dem Fall der beiden toten Angler auch die Polizei. Man glaubte nicht daran, dass die zwei ihre tödliche Brotzeit selbst zubereitet hatten. Die Kripo witterte endlich mal einen anständigen Mord in der beschaulichen Dom- und Bierstadt, so wie im Tatort, aber leider stellten die Kollegen am Ende doch fest, dass es wohl blanke Dummheit oder einfach nur Pech war, was die Angler dahingerafft hatte. In dem Mixer, der in der schmuddeligen Junggesellenküche vor sich hin stank, klebte noch Fischmus, und die Beamten der Spurensicherung stellten fest, dass eine Schneide der Püriermesser einfach nur defekt war und somit die Gräten nicht zerkleinern konnte.

Wirklich tragisch.

Ein Gutes hatte die Sache für die Angelspezialisten aber doch. Die zwei wären an dieser Stelle des Flusses nämlich lange nicht entdeckt worden. Aber dank Frau Meier, die in einen Hundehaufen getreten war und sich den Schuh in dem Grasstreifen direkt am Ufer abstreifen wollte, konnten sie noch rechtzeitig geborgen werden, bevor sich die mitgebrachten Köder, also die Maden, gütlich an den beiden getan hatten.

46. DER TOD HAT VIELE GESICHTER

Wie nicht anders zu erwarten, lief die Beerdigung von Leopold Fischer wie am Schnürchen. Der Sarg war eine Mischung aus teuer und vernünftig, die Blumen waren so geschickt arrangiert, dass man nie im Leben gemerkt hätte, dass es rund ein Drittel weniger Blüten waren als in anderen Sargbuketts, und die Idee, den Leichenschmaus im Carlsturm abzuhalten, war ebenfalls genial gewesen. Heimatverbunden, bio und preiswert. Frau Meier hatte bereits einen Deal mit Gottlieb Carl ausgehandelt, wonach es eine spezielle Trauermenükarte gab, die immer wieder auf den Tischen eingedeckt werden konnte und deren Inhalt pauschal einfach grundsätzlich jedem schmeckte. Sogar an die vegetarische und vegane Variante hatte Frau Meier gedacht, und der Carlsturm bot einfach alles, was man an Basics für so eine »Leich« haben musste. Ausreichend Parkplätze, mehrere unterschiedlich große und abtrennbare Räume sowie massig ungenutzte Kapazität, denn allzu gut lief die Kneipe nur dann, wenn der Schrebergartenverein zur Jahreshauptversammlung lud oder die Kaninchenzüchter eine dringliche Sitzung hatten. Traditionelle Küche war zur Zeit einfach ein wenig out in der Stadt, wo Bier und Regnitz fließen. Bio hin oder her.

Auch was das Marketing von Paul Uhlbeins Beerdigungsinstitut anbelangte, sprühte Frau Meier plötzlich nur so vor Ideen. Abends blieb der Fernseher aus, und sie quälte sich an ihrem PC, um Pläne, Entwürfe und holprige Werbeslogans aufs Papier zu bekommen.

»Auch der Tod kann noch schön sein – Trauerfeiern von Bestattungen Uhlbein«

»Ist das Leben auch vorbei, Bestattung ist nicht einerlei«

»Ist das Budget auch klein, komm zu Trauerservice Uhlbein«

»Am Ende, in des Todes Wiege, ich im Sarg von Uhlbein liege«

Nein, das war es alles noch nicht, sie musste doch noch ein wenig über einem neuen Slogan brüten. Aber irgendwann würde er schon kommen, der ultimative Spruch.

Ihr erstes wirklich erfolgreiches Projekt außerhalb der Leichenakquise lag jedoch nicht im Bereich der Dichtkunst, sondern war eine hübsche und hochwertig gestaltete Mappe, die man bereits zu Lebzeiten vorbereiten konnte. Sargauswahl, Lieder zur Beerdigung, Organspende, Adressliste für die Traueranzeigen etc. Man konnte sogar vorab schon alles direkt bezahlen, damit die Angehörigen keine Probleme bekamen. Für Frühbucher gab es auch noch drei Prozent Skonto – was für ein Deal!

Paul Uhlbein war absolut hingerissen von ihrem Engagement, auch wenn es im Herbst saisonbedingt leider gar nicht so viele Leichen in Bamberg gab. Im Frühherbst lief das Geschäft grundsätzlich etwas mau. Man starb lieber im November oder dann so kurz vor Weihnachten. Super lief auch immer der Februar, wenn die Grippewelle ihr letztes

Aufbäumen demonstrierte. Ja, in der Tat, der Februar, der war immer extrem lukrativ. Ab März, April kamen mehr so die Depressiven, die sich wegen des nahenden Frühlings und der mit ihm einhergehenden guten Laune der gesunden Menschen kurzerhand selbst ins Jenseits beförderten.

Der Hochsommer schließlich war den Herzinfarkten und Schlaganfällen gewidmet. Hitze- und Badeleichen bei jüngeren Menschen waren auch nicht übel und eine jugendlich frische und willkommene Abwechslung.

Was Frau Meier allerdings schon in den ersten paar Tagen ihrer neuen Teilzeitbeschäftigung aufgefallen war, war das Problem, das auch schon Marie und Horst gehabt hatten. Die hohe Mobilitätsanforderung an die heutige Jugend, oder besser an die Sandwichgeneration, machte ein Grab in der Heimatstadt zum absoluten Problem für die womöglich bald sterbenden Senioren.

Die Kernfrage, die tatsächlich unglaublich viele ältere Menschen beschäftigte, war: Wo soll ich mich eines Tages begraben lassen, wenn meine Kinder oder der Rest der Familie Hunderte von Kilometern entfernt wohnt?

Also kam Frau Meier auf die brillante Idee mit der »Grabgemeinschaft«. Das wäre so etwas wie eine Wohngemeinschaft, nur unterirdisch und natürlich weniger laut.

Gras rauchte man dort natürlich auch nicht mehr. Schließlich war man dann ja schon mausetot. Menschen, die alleine waren, sollten sich über die Grabagentur Uhlbein Partner für eine größere und gemeinsame Grabstätte suchen. Die war ohnehin billiger als mehrere kleine. Für diese Grabgemeinschaften könnten junge oder auch mittelalte Leute Patenschaften übernehmen und bekämen sogar ein wenig Geld dafür, dass sie garantierten, sich in regelmäßigen Abständen um die Gräber zu kümmern. Mal ein Tannenbäumchen zu Weihnachten, ein ewiges Licht zum Totensonntag, mal ein frisches Blümchen zwischendurch.

Und falls noch Verwandte oder Freunde einiger Verstorbener vor Ort wären, die womöglich hin und wieder einen Nelkenstrauß brächten, so hätte nicht nur ein Toter, sondern gleich mehrere etwas davon. Na ja, nicht wirklich, aber eben im übertragenen Sinne. Die künftigen Grabnachbarn und auch deren Paten sollten sich selbstverständlich bereits zu Lebzeiten kennenlernen und beschnüffeln dürfen. Es wäre ja schließlich wichtig, dass man sich sympathisch fand. Es würden kleine Kaffeekränzchen und Kennenlernabende veranstaltet werden, natürlich unter der Organisation von Frau Meier. Dabei, so wünschte sie sich, ergäben sich dann ganz besonders nette Freundschaften. Auch für die jungen Leute, also die Paten, gäbe es gute Möglichkeiten, zu profitieren, denn die späteren Grabbewohner wären in der Regel ja noch recht fit und mobil und freuten sich bestimmt über kleine Aufgaben wie Babysitten, Mützenstricken und Lateinnachhilfestunden. Eigentlich eher ein Programm für das Leben als für den Tod. Aber gehörte nicht beides irgendwie zusammen?

Langer Rede kurzer Sinn, als Frau Meier dieses Programm ihrem Chef und Verehrer sogar mit einer kleinen Powerpointpräsentation vorstellte, war dieser sofort hin und weg.

»Frau Meier, Sie sind so ein Naturtalent, ich liebe Sie dafür!«

»Ach, nur dafür?«, zwinkerte sie ihm zu.

Er vereinbarte sofort einen Termin beim Bürgermeister, um das gewagte Projekt vorzustellen, und begeisterte damit augenblicklich den gesamten Stadtrat.

Kurz darauf gab es eine große Pressekonferenz, und das ungewöhnliche Konzept des Bestattungsunternehmens Uhlbein wurde in der lokalen Tageszeitung der Bevölkerung Bambergs vorgestellt. Die Resonanz war enorm. Binnen kürzester Zeit benötigte das Bestattungsunternehmen Uhlbein zwei weitere Telefonanschlüsse inklusive Sekretärinnen, die die Agentur für Grabgemeinschaften unterstützen sollten. Der Bayerische Rundfunk stellte das Gemeinschaftsgrab-Projekt in einer Abendreportage vor, und Frau Meier und Paul Uhlbein wurden in die anschließende BR Talkshow eingeladen, um ihre revolutionäre Idee vorzustellen.

47. WILDE EHE

Bis zu dem Fernsehtermin hatte Frau Meier weitere acht Kilo abgenommen, und das ohne auch nur an eine Diät gedacht zu haben. Sie hatte einfach vergessen zu essen. Keine Pralinchen zwischendurch, kein Käse mit Rotwein zur Fernsehsprechstunde mit Prof. Dr. Brinkmann, denn dazu kam sie gar nicht mehr.

Ihr Leben war so unglaublich bunt geworden, auch wenn die meisten Gedanken, die sie hegte, ausschließlich mit der Farbe Schwarz zu tun hatten.

Sie wählte für den Fernsehauftritt in München ein kobaltblaues wadenlanges Kleid und natürlich die Kette mit dem himmlischen Saphir von Paul Uhlbein, der in selbigem Farbton seinen anthrazitfarbenen Anzug mit einem seidenen Einstecktuch und der passenden Krawatte aufpeppte. Ein schönes Paar, fand der Maskenbildner, der hyperaktiv wie ein Flummi um sie beide herumhüpfte und hier und dort ein wenig Puder auftrug oder an der Kleidung zupfte.

Zur Feier des Tages lud Paul Uhlbein Frau Meier nach dem Auftritt in Alfons Schuhbecks Restaurant ein. Tagesmenü mit fünf Gängen und den dazu passenden Weinen. Warmer, weicher Kerzenschein. Ein bayrischer Hochgenuss mit Weichzeichner. Paul sah ihr immer wieder ganz tief in die Augen und suchte nach Momenten, in denen er ihr diskret über die Hand streicheln konnte.

In Frau Meiers Magengrube flatterten aufgeregte Schmetterlinge. Wunderschöne Schmetterlinge, keine Motten, da war sie sich sicher.

»Paul, Sie sind das Beste, das mir je begegnet ist«, lächelte sie und strich ihm sanft über die Hand.

»Sie auch, meine Liebe, Sie auch. Ich hätte mir das alles hier nie träumen lassen.«

»Ich auch nicht, Paul, niemals, und ich will ganz ehrlich sein, ich hätte auch nicht für möglich gehalten, dass ich mich je in der Gesellschaft eines Mannes wieder so wohlfühlen könnte wie bei Ihnen.«

»Und was, meine Liebe, machen wir nun mit all unseren Gefühlen? Vielleicht so etwas wie heiraten, Frau Meier?«

»Paul, um Himmels willen, heiraten? Nein, da wäre ja meine Witwenrente dahin, das geht gar nicht, aber wie wäre es mit etwas Verruchterem? Wilde Ehe vielleicht?«

»Das klingt gut, Frau Meier.«

»Nicht wahr, lieber Paul, wild ist immer gut.«

»Wenn wir jetzt schon so weit sind, meine Liebe, wollen wir nicht langsam Du sagen? Ich denke, das wäre jetzt vielleicht ein guter Zeitpunkt. Stellen Sie sich vor, ich kenne nicht einmal ihren Vornamen. Überall stehen nur ihre Initialen. G. B., wollen Sie mir nicht vielleicht Ihren wunderschönen Vornamen verraten?«

»Mein Name ist alles andere als wunderschön, das dürfen Sie mir glauben. Und nein, also, so weit bin ich noch nicht, da schäme ich mich einfach.«

»Sie wollen mit mir in wilder Ehe leben, aber ich darf Sie nicht beim Vornamen nennen?«

»Sie haben es erfasst, Paul. Dafür brauche ich noch ein wenig Zeit, aber glauben Sie mir, dies ist ja nur der Anfang einer wunderbaren Freundschaft und einer unendlich langen Kette von himmlischen Todesfällen.«

Weitere Krimis finden Sie auf den folgenden Seiten und im Internet:

WWW.GMEINER-SPANNUNG.DE

PETRA K. GUNGL
Diabolisches Spiel

978-3-8392-1810-5 (Paperback)
978-3-8392-4877-5 (pdf)
978-3-8392-4876-8 (epub)

»Eine unsterbliche Liebe, die sich durch alle Jahrhunderte hindurch und ihren Gegenspielern zum Trotz einen Weg zur Erfüllung erkämpft.«

In ihrem früheren Leben als Heilerin von Stonehenge nahm Er Agnes alles: Liebe, Freundschaft und das nackte Leben. Diesmal soll es anders enden, schwört sie. Denn im heutigen London trifft sie wieder auf Ihn. Wiedergeboren als Chef eines Pharmaunternehmens, verantwortlich für einen tragischen Medikamententest und mysteriöse Todesfälle im Dunstkreis seiner Person. Von seiner Schuld ist Agnes überzeugt. Also setzt sie alles auf eine Karte, um ihn zu überführen. Koste es, was es wolle.

GMEINER SPANNUNG

WWW.GMEINER-VERLAG.DE
Wir machen's spannend

CHRISTINE RATH
Heidezauber

978-3-8392-1813-6 (Paperback)
978-3-8392-4883-6 (pdf)
978-3-8392-4882-9 (epub)

»Eine spannende Liebesgeschichte über große Gefühle und mysteriöse Intrigen vor der atemberaubenden Kulisse Sylts«

Tiefviolett leuchtet die Heide vor dem Reetdachhaus in Kampen. Hier hat Lisa die glücklichsten Urlaubstage erlebt. Als ihr geliebter Vater stirbt, soll sie dessen letzten Wunsch erfüllen und ein geheimnisvolles Päckchen an eine gewisse Alma überbringen. So reist Lisa noch einmal auf die Insel, auch um wieder neue Kraft zu schöpfen. Am Strand lernt sie Sven kennen, der sie magisch anzieht und zugleich verunsichert. Als Lisa kurz darauf den alten Johann, ein Sylter-Original, verletzt und bewusstlos auffindet, wird sie misstrauisch. Sie forscht nach und kommt schließlich hinter ein düsteres Geheimnis.

SYLVIA GRÜNBERGER
Flugmanöver

978-3-8392-1811-2 (Paperback)
978-3-8392-4879-9 (pdf)
978-3-8392-4878-2 (epub)

»Für alle, die vom Fliegen träumen«

Claudia Kalser fliegt die Cessna 414 eines kleinen Wiener Luftfahrtunternehmens namens Lufttaxi und erlebt dabei des Öfteren die seltsamsten Dinge mit ihren Passagieren. Doch diesmal wird es keine lustige Anekdote für ihre Freunde geben.

Das mysteriöse Verhalten der Tochter eines Fluggastes ruft bei ihr ausnehmend starke Skepsis hervor und regt sie zu Nachforschungen an. Was sie dabei entdeckt, erschüttert die Pilotin und ihre Kollegen. Gemeinsam mit einem Privatdetektiv kommen sie einem unaussprechlichen Verbrechen auf die Spur.

GMEINER SPANNUNG

ILONA MAYER-ZACH
Eine Leiche für Helene

978-3-8392-1814-3 (Paperback)
978-3-8392-4885-0 (pdf)
978-3-8392-4884-3 (epub)

»Ermittlungen auf eigene Faust entwickeln sich zu einer turbulenten Schnitzeljagd durch Graz«

Helene Kaiser wird muntere 50. Sie glaubt, die größten Turbulenzen in ihrem Leben bereits hinter sich zu haben. Die Kinder sind aus dem Gröbsten raus, das Eigenheim in Wien endlich abbezahlt, im Job läuft alles bestens. Doch dann muss ihr Mann ins Ausland, ihre Tochter wandert aus, Helene verliert ihren Job und erbt eine renovierungsbedürftige Wohnung in Graz.

Als sie sich auf der Flucht vor den Umbaumaßnahmen in einem Hotel einquartiert und nachts über eine Leiche stolpert, ist an eine Rückreise nach Wien nicht mehr zu denken.

LENI ANZINGER
Bayerischer Blues

978-3-8392-1812-9 (Paperback)
978-3-8392-4881-2 (pdf)
978-3-8392-4880-5 (epub)

»Ein rasanter Liebeskrimi, in dem die Geheimnisse einer Familie über drei Generationen gelüftet werden«

Stell dir vor, plötzlich taucht eine geheimnisvolle Frau auf, die damit droht, ein Familiengeheimnis zu lüften; und noch bevor sie ein Wort sagen kann, bricht sie tot zusammen …

Genau das passiert der schwarzen Rosenheimer Soul-Musikerin Matilda Hirschvogel bei ihrem ersten großen Auftritt. War es Mord? Wenn ja, was wollte der Mörder verschleiern? Eine Spur führt zu Matildas Großvater Stachus. Und als ob Matilda nicht schon genug Probleme hätte, taucht auch noch ihr amerikanischer Vater, der vor 37 Jahren spurlos verschwunden ist, wieder auf.